講談社文庫

# 隠密

## 奥右筆秘帳

上田秀人

JN282594

講談社

目次

奥右筆秘帳

# 隠密

## ◆『隠密――奥右筆秘帳』の主要登場人物◆

**立花併右衛門**《たちばなへいえもん》　奥右筆組頭《おくゆうひつくみがしら》として幕政の闇に触れる。麻布箪笥町《あざぶたんすまち》に屋敷がある旗本。

**柊 衛悟**《ひいらぎえいご》　立花家の隣家の次男。併右衛門から護衛役を頼まれた若き剣術遣《つか》い。

**瑞紀**《みずき》　併右衛門の気丈な一人娘。

**大久保典膳**《おおくぼてんぜん》　涼天覚清流《りょうてんかくしんりゅう》の大久保道場の主。剣禅一如《けんぜんいちによ》を旨《むね》とする衛悟の師匠。

**徳川家斉**《とくがわいえなり》　十一代将軍。御三卿一橋《ひとつばし》家の出身。大勢の子をなす。

**松平越中守定信**《まつだいらえっちゅうのかみさだのぶ》　奥州白河《おうしゅうしらかわ》藩主。老中として寛政《かんせい》の改革を進めたが、現在は溜間詰《たまりのまづめ》。

**一橋民部卿治済**《みんぶきょうはるさだ》　権中納言《ごんのちゅうなごん》。息子家斉を害してでも将軍になろうと暗躍する。

**柊 賢悟**《けんご》　衛悟の兄で、評定所与力《ひょうじょうしょよりき》。

**松平真二郎**《しんじろう》　千五百石取りの松平主馬《しゅめ》の次男。瑞紀との縁談話を立花家は断る。

**御堂敦之助**《おどうあつのすけ》　側役永井玄蕃頭《そばやくながいげんばのかみ》の薦《すす》めで、衛悟の婿《むこ》入り先として挙がった新御番組《しんごばんぐみ》。

**横島左膳**《よこしまさぜん》　定信が放った白河藩の刺客頭《がしら》の弟。大捨流《おおすてりゅう》を遣う。

**新城隆亮**《しんじょうたかすけ》　将軍の食事を用意するお小納戸御膳番《こなんどごぜんばん》。

**冥府防人**《めいふさきもり》　鬼神流《きじんりゅう》を名乗る居合い抜きの達人。大太刀で衛悟の前に立ちはだかる。

**絹**《きぬ》　冥府防人の妹。一橋治済を〝お館《やかた》さま〟と呼び、寵愛《ちょうあい》を受ける甲賀《こうが》の女忍《おんなしのび》。

**村垣源内**《むらがきげんない》　家斉に仕えるお庭番《にわばん》。根来流《ねごろりゅう》忍術の遣い手。

**覚蟬**《かくぜん》　上野寛永寺《かんえいじ》の俊才だったが、公澄法親王《こうちょうほっしんのう》の密命を受け、願人《がんにん》坊主に。

# 第一章　旗本の外聞

## 一

身分ある武家の女は滅多《めった》に屋敷を出ない。普段の買いものなどは女中がおこなうし、衣服などを新調するときは、出入りの呉服屋が屋敷までやってくる。

出かけるとすれば、寺社への参詣ぐらいであった。

立花瑞紀《たちばなみずき》は、女中を一人連れて、亡母の月命日《つきめいにち》の墓参に来ていた。住職と小半刻《こはんとき》（約三十分）ほど、思い出話などをして、瑞紀が菩提寺《ぼだいじ》を後にしたのは、日が暮れ間近であった。

「冬は日が暮れるのが早い」

「はい。もう辻灯籠《つじどうろう》に灯《ひ》が入りましてございまする」

瑞紀のつぶやきに、供《とも》の女中が応じた。

「急ぎましょう。夕餉《ゆうげ》の支度《したく》が遅くなります」

「お腹をすかされておいでになられますから」

足を速めた瑞紀に女中が、忍び笑いを漏《も》らした。

「これ、弥須《やす》。なにを笑っておるのですか」

瑞紀が聞きとがめた。

「いえ、お嬢さまが、台所にお立ちになるお姿をちょっと……」

「ちょっと……なんなのでしょう」

弥須へ瑞紀が迫った。

「うれしそうでいらっしゃるなと」

「女ならば、台所仕事が好きでなんの不思議」

瑞紀が告げた。

「柊《ひいらぎ》さまが夕餉を取られるようになってからではなかったかと……お嬢さまが台所に立たれるようになられたのは」

弥須が、からかった。

「な、なにを申すのです。ふざけていては許しませぬ」

頬《ほお》を染めながら、瑞紀が弥須を叱《しか》った。

「行きますよ」

瑞紀がふたたび歩き出した。

「卒爾《そつじ》ながら」

すぐに、瑞紀の足は止められた。

「わたくしでございましょうか」

声をかけた若い武家へ、瑞紀が確認した。

「奥右筆組頭《おくゆうひつくみがしら》立花併右衛門《へいえもん》どのがご息女とお見受けする」

「はい。いかにも立花の娘でございまするが、あなたさまは」

見覚えのない若い武家に、瑞紀が問うた。

「拙者《せつしゃ》、松平主馬《まつだいらしゆめ》の次男、真二郎《しんじろう》にござる」

「松平さま……」

聞き覚えのない名前に、瑞紀は首をかしげた。

「お聞きではないのか」

松平真二郎の表情が険しくなった。

「なにをでございますか」

「拙者があなたの婿《むこ》となって、立花家を継ぐとの話でござる」

一歩、真二郎が前に出た。

「……なにを言われまする」

あきれた顔を瑞紀がした。

「そのようなお話が、父のもとへ来ていたようには聞いておりまする。しかし、お断り申しあげたはずでございまする」

たしかに瑞紀は、父併右衛門から、縁談があったことは報《しら》されていた。

「我が家は一千五百石である」

真二郎の雰囲気が変わった。

「対して立花家は今でこそ五百石だが、もとは二百石に過ぎなかったと聞く。なにより、我が家は先祖をたどれば、徳川宗家へつながる名門。本来ならば、立花ごときと縁《えにし》などできぬ。ありがたく受けるのが当然であろう」

睨《にら》みつけるように真二郎が瑞紀を見た。

「それを断った。どれほどの恥を我が家がかいたか。格下の家に、婿入りを拒絶された拙者の外聞の悪さが、わかるか」

真二郎が激昂《げっこう》しだした。

「二度と拙者に、ふさわしい縁談は来まい。このまま実家のすみで、兄のお情けで生きていかねばならぬ。妻もめとれず、酒も飲めず、ただ朽ちていくだけの生涯。どれほどの苦痛か」

「お気の毒に存じまするが……」

瑞紀が血相を変えた真二郎から後ずさった。

「気の毒だと思うならば、拙者を婿とせい。見れば、なかなかの美形。格下の家に行くつらさも、そなたを自在にできるかと思えば、多少は和《やわ》らぐ」

真二郎が瑞紀へ近づいた。

「縁談のお話ならば、父を通じてお願い申しまする。わたくしではご返事をさせていただくことはできませぬゆえ。それでは、ごめんくださいませ。帰りますよ、弥須」

危ないと感じた瑞紀は、女中を促し、背を向けた。

「待て。話は終わっておらぬ」

手を出して真二郎が瑞紀の肩を摑《つか》んだ。

「なにを。女の身体《からだ》へ手をかけるなど、ご身分にかかわりまする」

「黙って、こちらへ来い」

瑞紀の抗議を無視して、真二郎が引っ張った。

「お嬢さまになにを」

「うるさい」

あわてて間に割り込もうとした弥須を、真二郎が突き飛ばした。

「乱暴なまねを……」

倒れた弥須へ手を伸ばそうとした瑞紀を、力任せに真二郎が引きずった。

「騒ぐとためにならぬぞ」

真二郎が、瑞紀の目を覗《のぞ》いてすごんだ。

「いったいなにを……」

瑞紀を抱えこむようにした真二郎が叫んだ。

「おい」

物陰から駕籠《かご》を担《かつ》いだ者たちが出てきた。

「連れていけ」

「無体な」

抵抗したが、女の力ではどうしようもない。瑞紀は駕籠のなかへ押しこめられた。

「逃がすなよ」

「へい」

扉を閉めた駕籠かきが、外から錠を下ろした。

「お嬢さま……」

起きあがった弥須が駕籠へすがりつこうとした。

「三日で返してやる。黙って待っていろ。そう併右衛門へ伝えろ」

真二郎が弥須の腹に当て身を入れた。

「ぐっ」

腕ができていない真二郎の一撃は、弥須の意識を奪えず、嘔吐《おうと》を招いただけであった。

「行け」

「合点で」

駕籠が走り出した。

「騒ぐと娘の命はないぞ」

最後の脅《おど》しを弥須にかけて、真二郎が駕籠の後を追った。

併右衛門の迎えに出ようとした柊衛悟《えいご》は、いつもなら玄関前で見送ってくれる瑞紀の姿がないことに気づいた。

「瑞紀どのは……」

馴染《なじ》みの中間《ちゅうげん》に、衛悟は問うた。

「今日は、奥さまの月命日でございますれば、お寺へお出掛けのはずでございまする」

「そうであったな」

中間の答えに、衛悟は首肯《しゅこう》した。月に一度の墓参りを瑞紀がかかさないことを、衛悟は思い出した。

「代わり映えのしない毎日を過ごしていると、今日が何日だということさえ、気にならなくなるな」

「はい。一日、一日過ごすだけで精一杯になりまする」

笑いながら中間も同意した。

「では、立花どののお迎えに行って参ろう」

「行ってらっしゃいませ」

いつもなら瑞紀に言われる言葉を、中間からもらって、衛悟は麻布《あざぶ》箪笥《たんす》町《まち》を後にした。

衛悟は、評定所与力《ひょうじょうしょよりき》柊賢悟《けんご》の弟である。旗本の厄介者《やっかいもの》として実家で養子の先を探しているとき、隣家奥右筆組頭の立花併右衛門から護衛として雇われた。

併右衛門の下城を、外桜田門《そとさくらだもん》で出迎え、家まで送り届ける代わりに、月二分の金をもらう。

一分はおよそ銭一千文にあたる。団子一串が四文、蕎麦《そば》一杯が十六文からすると、多いようにも見える。しかし、人足の手間賃が一日二百四十文ほどであるのに比べると、かなり安い金額であった。

それでも気兼ねしながら兄から小遣《こづか》いをもらい、一串に付いている団子が、通常より多い五個の店まで遠回りして、腹を少しでも満たそうとしていたころを思えば、ましであった。

衛悟が外桜田門に着いたとき、日は大きく西へと傾いていた。

立花併右衛門が務める奥右筆組頭は、幕府役人のなかでももっとも多忙であった。なにせ、幕府を動かすすべての書付《かきつけ》を作成し、保管するのだ。案件によっては先例を調べ、ことと次第では、老中へ意見を具申することもある。朝から夕刻まで、まともに昼餉《ひるげ》を摂《と》ることもできないほど、奥右筆の仕事は多かった。

当然、一応の終業である夕七つ（午後四時ごろ）に帰れるわけもなく、いつも城の門限である暮れ六つ（午後六時ごろ）近くにならないと江戸城を出ることはできなかった。

「待たせたか」

暮れ六つ直前に、併右衛門が外桜田門から姿を現した。

「いえ。今日は、少しお早いではございませぬか」

衛悟は、首を振った。

「うむ。まだ御用はあったのだがな、今日は家内の月命日じゃ。なかなか墓へ参ってやることもできぬでな。少しでも早く帰って、瑞紀と二人想い出話でもいたそうかと考えてな」

併右衛門が笑った。

「だそうで。申しわけなくも、失念いたしておりました」

「無理もない。あれから二十年が経《た》つのだ。死した者の記憶は薄れていって当然。覚えていてやるのは、家族だけでよい」

「…………」

「死者は生者を縛《しば》ってはならぬ」

寂しそうに併右衛門が述べた。

「では、参りましょう」

黙礼をして、衛悟は歩き始めた。

「なにもなかったかの」

併右衛門が話を変えた。

「今のところ」

問われた衛悟は首を振った。

「瑞紀どのが、寺へ出かけられたくらいで」

「そうか」

ほっと併右衛門が息を吐《は》いた。

老中奉書《ろうじゅうほうしょ》だろうが奥右筆の手を経ないかぎり効を発しない。どの書付を先に処理するかを独断で決められる奥右筆の権は大きい。これは奥右筆を手中にすれば、幕政をほしいままにできるということである。当然、ままにならぬ併右衛門を邪魔者として狙う者は多い。事実、何度も命の危機に併右衛門は瀕《ひん》している。とくに闇の迫る下城刻《どき》は、危ないのだ。

「越中守《えっちゅうのかみ》さまも敵に回したからな。いつもより気を張ってくれい」

「承知いたしております る」

衛悟は首肯した。

越中守とは、もと老中首座松平越中守定信《さだのぶ》のことである。松平定信も併右衛門を懐《ふところ》に取り入れるべく、瑞紀の婿養子として一門を押しつけようと策を弄《ろう》し、失敗していた。だが、八代将軍吉宗《よしむね》の孫にあたる松平定信の力は、老中を辞めたとはいえ、依然として強い。

併右衛門が危惧《きぐ》するのも当然であった。

九州福岡黒田《くろだ》家の中屋敷に沿って進み、一つ角を曲がれば、麻布簞笥町は近い。外桜田門から併右衛門の屋敷まで、少し急いだおかげで、小半刻もかからなかった。

「お戻りでございまする」

先触れの中間が大声をあげた。

「お帰りなさいませ」

当主の帰宅である、閉じられていた大門が開き、なかから出迎えの家臣が出てきた。

「……瑞紀はどうした」

いつも玄関式台に膝《ひざ》をついて待っている娘の姿がないことに併右衛門は気づいた。

「まだお戻りではございませぬ」

家士の一人が答えた。

「ふむ。少し気になるの。もっともあの住職は話し好きじゃ。捕まって寺を出るのが遅れただけかも知れぬが」

「お迎えに出ましょうか」

衛悟は訊《き》いた。

「頼めるか、菩提寺は高輪《たかなわ》の……」

言いかけた併右衛門の声が遮《さえぎ》られた。

「お殿さま、お嬢さまが……」

這々《ほうほう》の体《てい》で弥須が、まだ閉じていなかった大門から入ってきた。

「どうした」

着物は崩れ、髪も乱した弥須に、併右衛門が問うた。

「お嬢さまが、連れ去られましてございまする」

息も絶え絶えの様子で、弥須が告げた。

「瑞紀が掠《さら》われた……」

併右衛門が愕然《がくぜん》とした。

「どこで、相手の姿は」

弥須に駆け寄った衛悟は、倒れぬように身体を支えてやりながら尋ねた。

「菩提寺を出たところで、松平真二郎さまと言われるお方に」

「なんだと」

名前を聞いた併右衛門が絶句した。

「ご存じでございまするか」

「このような手で来るとは、おのれ、越中守」

併右衛門が呪詛《じゆそ》したのは、松平定信であった。

「白河侯《しらかわこう》の縁者でござるのか」

「その一族の端につらなる旗本一千五百石松平主馬の次男だ」

ようやく併右衛門が、衛悟の求めに応じて語り始めた。

「じつは先日、松平主馬から、瑞紀の婿に次男真二郎を入れたいとの話があった。あからさまな越中守の策と見抜いたゆえ、断った。松平主馬にしてみれば、顔を潰《つぶ》されたと思っただろう」

「そのていどのことで、旗本の娘を拐《かど》かすなど、家名を危うくするではありませぬか」

衛悟は驚愕《きようがく》した。

将軍の直臣である旗本には、陪臣《ばいしん》以上の規律が求められていた。旗本の非違《ひい》をただす目付《めつけ》の目は鋭く、処罰は厳しい。拐かしなど知られれば、いかに徳川の末葉に連なる松平でも、取り潰しは免《まぬか》れない。

「こちらが訴え出られぬことを知っておるからじゃ」

苦い顔で併右衛門が言った。

「訴え出られぬので」

聞いた衛悟は、目を見張った。

「瑞紀に傷が付く」

併右衛門が首を振った。

「どのような理由があろうとも、男に連れ去られたと知られたら、瑞紀は傷物とされる」

「ううむ」

衛悟も唸《うな》るしかなかった。

小旗本の厄介者とはいえ、武士の端くれである。衛悟も旗本にとって外聞がどれほど大きなものであるか、わかっていた。

「弥須」

「は、はい」

呼ばれて弥須が背筋を伸ばした。

「松平真二郎はなにか申していたか」

「三日経てば返すと」

併右衛門に問われて、弥須が答えた。

「くっ」

頬《ほお》を併右衛門がゆがめた。

「詳《くわ》しく話を」

衛悟に促されて、弥須が一部始終を語った。

「駕籠か」

併右衛門が目を閉じた。

「町駕籠であったか」

「いえ。塗りの武家駕籠のように見受けられましてございまする。お嬢さまを押しこんだ後、扉に外から錠を下ろしておりました」

「町駕籠のような垂《た》れでは錠をおろせませぬ」

弥須の言葉を受けて、衛悟は言った。町駕籠は町役人などの検《あらた》めに応じるため、扉をつけることが許されていなかった。

「武家駕籠を使ったか……町方の誰何《すいか》は避けられるな」

思案に入った併右衛門がつぶやいた。

「衛悟、もう一度登城する」

「承知」

少しでもときを無駄にせぬよう、衛悟は理由を聞かず、首肯した。

「門を閉じよ。近隣に不審をもたれては意味がない。我らは、潜《くぐ》り門《もん》から出る」

「はっ」

中間たちが動いた。

「供も要《い》らぬ。儂《わし》と衛悟だけで、目立たぬように行く」

併右衛門が、衛悟に目で合図した。

「…………」

うなずいて、まず衛悟が潜り門を出た。すばやく周りに目を走らせる。

「よろしゅうござる」

衛悟が呼んだ。

「どうだ」

屋敷を少し離れたところで、併右衛門が衛悟に声をかけた。

「気配はなさそうで」

衛悟は首を振った。

「やはり、馬鹿の思いつきか」

吐き捨てるように併右衛門が言った。

「馬鹿の思いつきでございまするか」

歩きながら衛悟は、訊《き》いた。

「うむ。このたびのことが、越中守の指示ならば、儂がどう動くか、見張るはずじゃ。奥右筆組頭の力をよく知っておればこそ、越中守は儂を配下にしたいのだからな」

「立花どのの対応を考えていないと」

「そうじゃ。さすがに真二郎一人の考えではなかろうが、松平家も底の浅いまねをする」

足を速めながら、併右衛門が述べた。

暮れ六つを過ぎ、外桜田門はすでに閉じられていた。併右衛門はためらうことなく、脇門へと近づいた。

「奥右筆組頭立花併右衛門でござる。家中の者一人を伴い、今一度登城いたす」

脇門を護《まも》っている大番組士《おおばんぐみし》へ、併右衛門は名乗った。

「お役目ご苦労でござる」

大番士が、併右衛門の通過を認めた。

「よろしいので」

後に続きながら、衛悟は身を小さくしていた。

「気にするな。誰も、そなたの顔など見ておらぬ。いや、儂の顔でさえな。見ているのは、奥右筆組頭、この肩書きだけよ」

自嘲《じちょう》しながら併右衛門はさっさと進んだ。

「ここで待っていよ」

さすがに城中へあげるわけにはいかないと、衛悟を残し、併右衛門だけがお納戸御《なんどご》門《もん》から入っていった。

「これは、立花さま」

お納戸御門をあがったところに、御殿坊主《ごてんぼうず》が控えていた。

「ちと忘れものをいたしての。禅斎《ぜんさい》どのは、宿直《とのい》でござるかな」

普段と変わらぬ風を装って、併右衛門が話した。

「さようでございまする。なにかお手伝いでも」

「いやいや。すぐに戻りますゆえな」

禅斎の申し出を併右衛門は断った。

「では、なにかございましたら、ご遠慮なく」

食い下がることなく禅斎が、引いた。

「そのせつは、よしなに」

小腰をかがめて併右衛門は、禅斎に愛想を振った。

城中のどこにでも出入りできる御殿坊主は厄介《やっかい》であった。身分も低く職禄も少ない御殿坊主は、小銭稼ぎのため、ここで見聞きしたことを諸方に売るのだ。併右衛門が、下城時刻を過ぎてから再登城してきたことも、明日の朝には拡がっている。なんのために戻ってきたのか知られては、越中守へ要《い》らざる情報を与えかねない。

「愚か者の暴走で終わらさねば」

併右衛門は、瑞紀の救出を急がなければならないと独りごちた。

火事を嫌った江戸城本丸御殿は、灯の数も少なく薄暗い。廊下をいくつか曲がって、奥右筆部屋へ入った併右衛門は、部屋の片隅に置かれている燭台《しょくだい》へ灯を入れ、それを手に二階へとあがった。

奥右筆部屋の二階は書庫になっていた。

「松平、松平……あった」

書庫の棚から、併右衛門は松平主馬の家譜を取り出した。家譜には代々の当主の略歴と系図、あと、屋敷の所在などがまとめられていた。

「上屋敷は木挽町《こびきちょう》か。下屋敷はないが、抱《かか》え屋敷が一つ品川《しながわ》にあるか」

一千五百石ていどの旗本ならば、下屋敷を持つことはまずなかったが、家格によっては幕府から与えられる場合もある。松平の姓を持つ家ならば、下屋敷があっても不思議ではなかった。

「ここしか手がかりがない。荒れ寺や空き屋敷を利用するだけの頭がないことを祈るだけだ」

併右衛門は抱え屋敷の場所を脳裏に刻んだ。

「よし」

念入りに燭台の灯を消して、併右衛門は奥右筆部屋を出た。

「お戻りでございまするか」

先ほどと同じところに禅斎が座っていた。

「長居をするわけにはいきませぬでな」

笑いながら併右衛門は、お納戸御門を出た。

「ふん。狸《たぬき》め」

併右衛門は、奥右筆部屋を出たところで、急いで遠ざかっていく禅斎の後ろ姿を認めていた。

「今頃、誰のもとへご注進に走るべきか、計算しているところだろう」

冷たい顔で、併右衛門はつぶやいた。

## 二

「待たせた。行くぞ」

併右衛門は、衛悟を促した。

外桜田門を出たところで、衛悟が口を開いた。

「どちらへ」

「品川じゃ。松平主馬の抱え屋敷がある」

「そこに瑞紀どのが」

「おそらくな。上屋敷に瑞紀を入れるわけにはいかぬ。こちらが訴え出なければよいが、万一開き直って目付へ報せたとき、上屋敷から瑞紀が見つかっては言いわけがきかぬ。抱え屋敷ならば、知らぬ間に使われていたとの逃げが打てる」

抱え屋敷とは、百姓の地所を買うなり借りるなりした上に建てたものである。古屋敷を買い取って使う場合もあり、公式の屋敷と違って、私物として扱われた。公邸である上屋敷と違い、幕府の目もほとんど届かなかった。

「剣術の遣える者がいるはずだ。他にも数名は用意しておるだろう。一人で大事ないか」

併右衛門が衛悟を見た。

「十分でござる」

衛悟は首肯した。

一刻（約二時間）ほどで、二人は品川へ着いた。

「これらしいな」

寺に囲まれた三百坪ほどの敷地を持つ屋敷の前で、併右衛門は足を止めた。

「思ったより大きいな」

「でございますな」

草履《ぞうり》を衛悟は脱ぎ、足袋裸足《たびはだし》となった。

「どこから入る」

「表から堂々と参りましょうぞ」

衛悟は、潜り戸を思い切り蹴《け》った。大きな音がして、潜り戸が吹き飛んだ。

「お先に」

太刀を抜いた衛悟は、屋敷へと入った。

「な、なんだ」

抱え屋敷の玄関が開いて、何人かの侍が出てきた。

「松平の家中よな」

衛悟は確認した。

「なにものだ」

「柊衛悟、立花瑞紀どのが隣人よ」

大声で衛悟が名乗った。

「なぜ、ここが」

侍の一人が息を吞《の》んだ。

「返してもらうぞ、娘を」

続いて潜り戸を抜けた併右衛門が宣した。

奥の納戸へ閉じこめられていた瑞紀の耳に、衛悟の声が届いた。

「衛悟さま……」

瑞紀が納戸の戸にすがった。

「なにごとぞ」

真二郎がわめいた。

「立花家の者が……」

状況を見てきた家臣が報告した。

「片付けろ。屋敷のなかで起こったことならば、いくらでも隠しようがある」

真二郎が家臣たちに指示を出した。

一千五百石ともなると十名以上の侍身分の家臣を抱えている。他に槍持《やりも》ちや挟《はさ》み箱《ばこ》持《も》ち、馬の口取《くちと》りなどを入れると、軽く二十名以上の男手を持っていた。

「立花併右衛門本人と思われる者もおりまするが」

「そいつは殺すな。吾《われ》が立花の婿となるまで死なれてはまずい」

「手向かった場合はいかがいたしましょうや」

「手足の一本くらいならば、かまわぬ」

家臣の問いに、真二郎が告げた。

「ことがすんだ暁《あかつき》には、松平家は五千石を約束されている。手柄を立てた者にはそれ相応のものをくれてやる。旗本として推薦してやってもよい」

「おおっ」

聞いた家臣たちが、歓声をあげた。

旗本になるとは、陪臣から直臣へあがることだ。決してこえられぬ壁を破る好機の到来に、家臣たちが奮《ふる》い立ったのも当然であった。

「行け」

「おう」

号令に、家臣たちが駆けだした。

「愚かな……」

納戸のなかで、真二郎の檄《げき》を耳にした瑞紀が嘆息した。

「なにがだ」

真二郎が瑞紀の声を拾った。

「父があなたの言うがままになるとお思いか。奥右筆組頭の力をあまり甘く見られるものではございませぬ」

「一人娘の命を握られていてもか。なにより、越中守さまが我らの後ろにはおられるのだ。たかが奥右筆ていど、どうにでもなる」

強気な言葉を真二郎が投げた。

「どうにもならぬから、松平越中守さまは、わたくしの婿として、子飼いの者を押しつけようとされたのでございましょう。奥右筆は不偏不党。老中さまの命《めい》にさえ逆らうだけの権を許されておるのでございまする。それをいかに八代将軍吉宗さまのお血筋とはいえ、老中を退かれた越中守さまが、どうこうなされるはずも……」

瑞紀があきれた。

「うるさい。そなたは、黙って吾の妻になればいいのだ」

外から真二郎が怒鳴《どな》った。

「……情けないお方。あなたのような人を夫とするくらいならば、わたくしは死を選びましょう」

「いつまでその矜持《きょうじ》が持つか。捕らえた父の前で組み伏せてくれようか」

卑《いや》しい笑いを真二郎があげた。

「下司な」

嫌悪の声を瑞紀が返した。

「ふん。いずれ、吾の下で嬌声《きょうせい》をあげることになるのだ。どれ、将来の岳父《がくふ》どのが顔を見に行くとするか。心配するな、立花の家は吾を当主としてますます栄えていく。まずは千石、そして先は三千石の町奉行よ。贅沢三昧《ぜいたくざんまい》をさせてやるぞ」

言い捨てて、真二郎も争闘の場へ向かった。


大きく踏みこんだ衛悟は、併右衛門の登場に一瞬たじろいだ二人の侍を薙《な》ぎの一刀で屠《ほふ》った。

「ぎゃっ」

「げえええ」

腹から臓腑《ぞうふ》をこぼしながら、二人が息絶えた。

「こやつ。できるぞ」

玄関から出かかっていた侍たちが足を止めた。

「槍、槍を」

一人の侍が、玄関の鴨居《かもい》に掛けられていた槍を手にした。

「りゃあ」

一度しごきをいれた槍を、衛悟目がけて突き出した。

「はっ」

身体を右へ開いた衛悟は、槍のけら首を一刀で斬り飛ばした。

「抗《あらが》わず、ここを去るならば見逃してくれる」

併右衛門が、衛悟の鮮やかな手練《てだれ》に動きを止めた侍たちに言った。

「女を拐かすなど、武家の風上にも置けぬ所行。そなたたちは、主《あるじ》に命じられただけであろう。これ以上罪を重ねるな」

穏やかに併右衛門は語りかけた。

「聞くな。若より褒美《ほうび》の話が出た。その年寄りは殺さず、若い用心棒だけ片付けよとのことだ。成功すれば、直臣お取り立てもあるぞ」

なかから駆けつけてきた侍の一人が叫んだ。

「直臣の取り立て……」

玄関先で衛悟たちと対峙《たいじ》していた侍たちが、顔を見合わせた。

「おう」

「行くぞ」

侍たちの勢いがあがった。

「奥右筆組頭を敵に回して、そのようなまねがとおると思うのか。直臣取り立ての書を書くのは吾ぞ」

併右衛門が吐き捨てた。

「死ね」

釣りさげられた餌《えさ》の大きさに、併右衛門の言葉は負けた。若い侍が、太刀を振りあげて衛悟へ斬りかかろうとした。

「阿呆《あほう》」

冷たい目で衛悟が、若い侍を見た。

「しまった」

大きく天を指した若い侍の太刀が、玄関の梁《はり》に引っかかった。

「未熟を知るだけだったな」

「ま、待て」

近づいてくる衛悟に、若い侍が焦《あせ》った。

「はずすまで待って……」

若い侍の言葉はそこで止まった。

「武士が真剣を向けあったのだ。命のやりとりは最初から承知のうえであろう」

衛悟の太刀が、若い侍の胸を突き通していた。

遠慮ない衛悟の態度に、ふたたび侍たちの意気が消沈した。

「落ち着け。相手は二人だぞ。数ではこちらが多いのだ。太刀を抜くな、脇差《わきざし》で立ち向かえ」

玄関へ出てきた真二郎が命じた。

「鉄砲」

続けて真二郎が叫《さけ》んだ。

「はっ」

家臣が一人屋敷のなかへ消えていった。

江戸の城下で発砲することは禁止されていたが、品川は郡代支配である。猟師も多く、鉄砲を撃っても、人が駆けつけてくる心配はなかった。

「松平真二郎どのとお見受けする」

併右衛門が声を掛けた。

「娘を返していただこう。今ならなかったことにできまするぞ」

「いずれ妻となすのだ。少し早くなっただけだと思え」

あざ笑うように真二郎が述べた。

「そうか。衛悟、存分にいたせ」

冷たく併右衛門が宣した。

「子を連れされた親が、どれほど辛《つら》い思いをするか、知るがいい」

「おう。最初から、許すつもりなどありませぬ」

衛悟は、音を立てて太刀を振って威嚇《いかく》した。

「取り囲め、手ごわいのは一人だけぞ」

真二郎が手を振った。

「承知」

真二郎が来たことで侍たちが気を取りなおした。玄関土間に仁王立ちしている衛悟と後ろに立つ併右衛門を四人の家臣が囲んだ。

「やれっ」

「おう」

号令に家臣たちがいっせいに太刀を衛悟へ向けた。

「息を合わせている場合か、遅いわ」

衛悟は、左へ跳びながら、太刀をすくいあげた。

「えっ」

両手を肘《ひじ》から飛ばされた家臣が、目を剝《む》いた。

「こいつ」

背中を見せた衛悟へ、右手にいた家臣が斬りかかった。

「儂もおるぞ」

太刀を抜くこともなく、併右衛門が足を出した。

「わ、たっ」

足を引っかけられた家臣が、たたらを踏んだ。

「…………」

無言で身体を回した衛悟は、体勢を崩した家臣の首を切っ先で撥《は》ねた。

「ひゃう」

盛大に血を噴《ふ》きあげながら、家臣が絶息した。

「篠崎《しのざき》。五島《ごしま》」

衛悟を正面にした家臣が息を呑《の》んだ。

「若、鉄砲でございまする」

そこへ鉄砲が持ちこまれた。

「貸せ、吾が撃つ」

真二郎が鉄砲を取りあげた。

「少しの間、そいつを押さえていろ」

口火を切りながら、真二郎が残っている家臣たちへ命じた。

「衛悟……」

併右衛門が心配そうな声をかけた。

「ご懸念なく。少しお下がりのうえ、物陰へ。流れ弾などあたっては困りますゆえ」

揺らぎのない自信を衛悟は見せた。

「うむ」

玄関を併右衛門が出て行った。

「りゃ、りゃ、りゃ」

「おう」

家臣たちが、衛悟を牽制《けんせい》したが、衛悟は相手にしなかった。

「死ね」

堂々と玄関土間で仁王立ちしている衛悟へ、真二郎が鉄砲を撃った。

火縄が落ちて、火花が散った。

「…………」

衛悟は地面へ、落ちる勢いで倒れた。

「衛悟」

併右衛門が叫んだ。

「やったぞ」

真二郎が歓声をあげた。

「おう。若が討ち取られた」

その場にいた家臣たちが興奮した。

「勝手に殺さないで欲しいな」

倒れていた衛悟が、苦笑した。

轟音《ごうおん》がして銃口から弾が出たが、衛悟の頭上を過ぎただけであった。

「あっ」

真二郎が啞然《あぜん》とした。

火縄銃の構造の欠点を衛悟はついた。鉄砲は、燃える火縄が火口に置いた火薬へ火をつけ、それが燃えながら筒のなかに入れられた発射薬へ点火することで、弾を撃ち出す。

そのため、引き金を落としてから、発射するまでほんのわずかながら間を要した。

一方、一度引き金を落としてしまってから、相手が動いたことに気づいても、ふたたび照準を合わせるだけのときはない。

衛悟はその間を利用した。

「鉄砲は遠いからこそ強いのだ。近ければ、次を込めるだけの間はない」

起きあがらず、座ったままの体勢で、衛悟は太刀で弧を描いた。

「ぎゃっ」

「ひいっ」

轟音に動きを止めていた二人の侍が臑《すね》を斬られて、激痛に転がった。

「なにをしている、かからぬか」

我に返った真二郎が、わめいたとき、すでに衛悟は立ちあがっていた。

「鉄砲で人を撃った。その覚悟はあろうな」

衛悟は血塗《ちまみ》れの太刀の切っ先を真二郎へ向けた。

「ひいっ」

殺気を浴びせられた真二郎が、後ずさった。

「…………」

無言で衛悟は足を進めた。

「な、なんとかしろ」

真二郎が、残っている家臣たちへ言った。

「松平家を潰すか」

冷たく述べた併右衛門の言葉に、家臣たちの身体が固まった。

「奥右筆組頭の力を甘く見るな。松平家改易《かいえき》の書付を通すことなど、容易ぞ。主馬にもちかけようか。家を残す代わり、家臣どもの首を差し出せと。主馬はどうするであろうな」

併右衛門が脅《おど》しをかけた。

「おい」

「……ああ」

顔を見合わせた家臣たちが、武器をしまった。

「なにをしている。こいつらをやってしまえば、すむ話なんだぞ。松平の家に傷などつかぬ。越中守さまのお力をもってすれば、奥右筆組頭一人くらいどうにでもできる」

あわてて真二郎が説得にかかった。

「次男一人を闇に葬るほうが、確かだろう」

衛悟は、太刀を真二郎に向けた。

「わああ」

白刃を突きつけられた真二郎が大声をあげながら、奥へと走った。

「……まずい。衛悟、瑞紀じゃ」

真二郎の目的を察した併右衛門が叫んだ。

「承知」

衛悟は手にしていた太刀を投げた。

「ぎゃあああ」

左足の太ももを貫かれた真二郎が倒れた。

「若」

家臣が駆け寄るのを、衛悟は止めなかった。

「娘はどこだ」

ゆっくりと屋敷へ入った併右衛門が、家臣に問うた。

「奥の納戸でござる」

家臣の一人が指さした。

「瑞紀」

呼びかけながら、併右衛門が納戸を開けた。

「父上さま」

瑞紀が飛び出してきた。

「怪我《けが》はないか」

「はい」

心配する併右衛門へ、瑞紀が首肯した。

「帰ろう」

併右衛門が瑞紀の背中を押した。

「太刀を引き取ろう」

二人が玄関まで行くのを確認してから、衛悟は真二郎の足に刺さったままの太刀を抜いた。

「ひっ」

真二郎が、苦鳴《くめい》を漏らした。

「若をお屋敷まで運ばねばならぬ。戸板を用意しろ」

「その前に、医者を呼べ」

家臣たちが真二郎の手当に慌《あわ》て始めた。

玄関から振り向いた併右衛門が告げた。

「その馬鹿は許さぬ。だが、安心せい。儂は松平家へなにもせぬ。なにもせぬ。この言葉をご当主どのへ、ちゃんと伝えよ」

「なにもせぬ……」

もっとも年嵩《としかさ》の家臣が繰り返した。

「それはどういう意味でございましょう」

「行くぞ、衛悟」

併右衛門が、年嵩の家臣の問いを無視して歩き出した。

「…………」

無言で首肯して衛悟は、先頭に立った。

「瑞紀」

抱え屋敷を出たところで、緊張が解けたのか瑞紀がふらついた。あわてて併右衛門が支えた。

「駕籠を探して参りましょう」

「品川の宿場へ行け。遊客を待っている駕籠があるはずだ」

走り出した衛悟へ、併右衛門が声を掛けた。

「なにもなかったか」

衛悟の姿が見えなくなったところで、併右衛門は瑞紀へ問うた。

「はい」

瑞紀が首肯した。

「指一本でも触れれば、自害すると申しましたので」

「そうか」

併右衛門はほっと安堵《あんど》の息をついた。

瑞紀に死なれては、真二郎の婿入り話は消える。もっとも養子として立花家を継ぐ方法は残るが、娘を死なされた併右衛門の怒りを考えれば、成りたつ話ではない。

「すまなかったな」

娘の身体を抱えるようにしながら、併右衛門が詫《わ》びた。

「儂のせいで、おまえに二度も怖い思いをさせた」

「いいえ」

瑞紀が首を振った。

「立花の家に生まれ、よい暮らしをさせていただいたのでございまする。お父さまをお恨み申しあげることはございませぬ。それに……」

「それに……」

言葉を切った娘へ、併右衛門が問いかけた。

「いつも必ず、衛悟さまが助けに来てくださいまする」

月明かりのなかで瑞紀が微笑《ほほえ》んだ。

「……たしかにな。いつも衛悟はそなたを助けている。運でかたづけることはできぬな。縁か。これからも立花の家は狙われる。筆だけではそなたを守れぬ」

小さな吐息《といき》を併右衛門が漏らした。

「瑞紀、衛悟でよいのか」

「お父さま……」

大きく瑞紀が目を開いた。

「娘が女になっていくのを見せられる父は、つらいものだぞ」

苦い顔で併右衛門が言った。

「娘が女にならずば、お父さまは、孫を抱けませぬ」

瑞紀が言い返した。

「まさか、おまえたち……」

併右衛門の足が止まった。

「わたくしも衛悟さまも、ふしだらではございません」

きついまなざしで瑞紀が、併右衛門を睨《にら》んだ。

「怒るな。たしかに、衛悟にその甲斐性《かいしよう》はないわな」

「失礼でございますよ、お父さま」

親子が顔を見合わせて笑った。

「立花どの」

駕籠を先導する衛悟が手を振りながら近づいてきた。

三

真二郎の失敗は、その夜のうちに松平家当主主馬の知るところとなった。

「しくじっただと」

聞いた主馬が、頬をゆがめた。

「女一人、抑えきれぬのか、あやつは」

主馬が吐き捨てた。

「殿。あと奥右筆さまより、言伝《ことづた》えが」

報告に来たのは、抱え屋敷で併右衛門から声を掛けられていた年嵩の家臣であった。

「なんだ、三左《さんざ》」

「奥右筆はなにもせぬと」

「なんじゃそれは……」

わからぬと主馬が首をかしげた。

「なにもせぬ……なにもせぬか。そうか、娘へ傷が付くのを嫌がって、表沙汰《おもてざた》にせぬということか」

しばし考えた主馬が手を打った。

「ならばいい。怪我人の手当と死んだ者への弔《とむら》いをいたせ。あと、抱え屋敷は売り払え」

「はっ」

三左が首肯した。

「失敗したとはいえ、真二郎が傷を負うほどの働きを見せたのだ。明日にでも越中守さまへお目通りして、お話をいたす。松平家の本気を見て取っていただき、ふたたびお力添えを願う」

そうつぶやいた主馬は、言葉通り翌朝、江戸城へとあがった。

「越中守さまは、ご登城なされておるかの」

松平主馬は、目に付いた御殿坊主へと問うた。

「はい。さきほど、溜間《たまりのま》へお入りになられましてございまする」

御殿坊主が答えた。

「そうか。お手すきであれば、お目にかかりたいとお願いしてきてくれ」

家紋入りの白扇を御殿坊主に手渡しながら、松平主馬が頼んだ。

「これは、お気遣《きづか》いを」

恐縮しながら、御殿坊主は白扇をすばやく懐《ふところ》へ入れた。

白扇は金入れを持つことのない城中での通貨である。家紋入りの白扇は、後日屋敷に持参すれば、金に交換された。家格に応じて白扇一つの値段はおおむね決まっており、十万石をこえる大名で数両、千石あたりの旗本ならば一分から二分となっていた。

「では、しばらくお待ちを」

御殿坊主が小腰をかがめた独特の姿勢で、小走りに駆けていった。

溜間詰《たまりのまづめ》は、徳川家臣最高の座である。井伊《いい》家、会津《あいづ》松平家など徳川にとって、格別の家柄でなければならず、松平越中守定信も筆頭老中を退いたとき、ようやく褒美《ほうび》代わりに与えられた。

「越中守さま」

溜間の襖《ふすま》を、ほんの少し開けて御殿坊主が、声を掛けた。

「うむ。ご一同、ちと中座をさせていただきまする」

首肯した松平定信は、同席している大名たちへ頭を下げてから、溜間を出た。

いかに八代将軍吉宗の孫であろうとも、養子へ出た以上は、白河松平家の格となる。代々溜間詰を継承する井伊や会津松平より、一段低い身分となり、遠慮をしなければならなかった。

「なんじゃ」

畳廊下《たたみろうか》で平伏している御殿坊主へ、松平定信が用件を尋《たず》ねた。

「松平主馬さまが、お目にかかりたいとのことでございまする」

「主馬がか……よろしかろう」

少し考えた松平定信が、うなずいた。

「こちらまでお連れいたしまするか」

「いや、ここでは主馬にとって格が過ぎよう。余が出向く」

御殿坊主の言葉に、松平定信は首を振った。

「お呼び立ていたし、申しわけもございませぬ」

やってきた松平定信へ、主馬が恐縮した。

「なに、一日溜間におるだけで、暇な身じゃ。気にするな」

松平定信が手を振って、主馬へ顔をあげるように言った。

「畏《おそ》れ入りまする」

「で、用件はなんじゃ」

雑談は無用と、松平定信が急《せ》かした。

「ちと……」

主馬が御殿坊主へ目を向けた。

「ご苦労であった。行ってよい」

「では、御免《ごめん》を」

松平定信に手を振られて、御殿坊主が去っていった。

「申せ」

二人きりになったとたん、松平定信の口調が厳しくなった。

「じつは……」

昨夜のことを主馬が語った。

「……愚かな」

聞き終えた松平定信があきれた。

「旗本の子女を拐かし、監禁するなど、下人の仕業とかわらぬではないか」

「でございまするが、縁組みを拒《こば》んだ立花へ吾《わ》が息子をあてがうには、唯一の妙案だと思案つかまつりまして」

「……………」

言いわけする主馬を、松平定信が冷たい目で見下ろした。

「目付へ訴えられれば、家が潰れるぞ」

「大丈夫でございまする」

自信をもって主馬が答えた。

「ほう。なにをもってそう言える」

松平定信が、興味を示した。

「去り際に奥右筆組頭が、言い残したそうでございまする。なにもせぬと」

「なにもせぬと立花が申したか」

「はい」

「なるほどの」

主馬がうなずくのを見て、松平定信が首肯した。

「たかが奥右筆ていどで、上様につながる松平家にどれほどのこともできますまい。立花は、身の程をわきまえておるようでございまする。このようすならば、いずれ、こちらの軍門に下る日も遠くは……」

「黙れ」

「はあっ」

饒舌《じょうぜつ》にしゃべっていた主馬が、止められて驚いた。

「息子が馬鹿なのは、わかったが、親まで能なしとは……一門だと思うと、情けないわ」

大きく松平定信が嘆息した。

「かつて余ではなく、田沼へついたこともあって、先の読めぬ者とは知っておったが、奥右筆組頭の恐ろしさを知りもせぬとは、よくぞ今まで家を保てたことだ」

「どういうことでございましょう」

顔色を変えて、主馬が詰め寄った。

「奥右筆組頭がなにもせぬというのは、松平家を目付に訴えないとの意味ではない。よいか、奥右筆組頭の言葉の意味はな」

言葉を切って松平定信が、主馬を見つめた。

「きさまの家が出す、すべての願いを奥右筆は、相手にせぬということぞ」

「えっ」

間の抜けた顔を主馬がした。

「まだわからぬか。きさまの家で相続があろうとも、屋敷が燃えて代替えを願ったとしても、そのすべてを奥右筆は認めぬと立花は宣したのだぞ」

「げっ」

ようやく主馬が理解した。

「潰れたな、きさまの家は」

松平定信がとどめを刺した。

旗本の家は、なにをするにも幕府の許しを得なければならなかった。相続、婚姻《こんいん》はもとより、生まれた子供の認知さえ、書付で提出し、幕府の許可をもらわないかぎり、できないのだ。

奥右筆組頭がなにもしないと断言したのだ。何年かのち、主馬が隠居あるいは死去して、家を嫡男へ譲ろうと考えても、奥右筆が書付へ花押《かおう》を入れない以上、効力を発しない。隠居ならば先延ばしできても、死んだ場合はどうしようもない。一定以上の期間、跡継ぎの届けがなければ、無嗣《むし》は断絶の決まりどおり、主馬の家は取り潰される。末期養子《まつご》の対象にさえならないのだ。

「越中守さま……」

事態の重さに気づいた主馬が、松平定信へすがった。

「余は、先だって立花の家へ手出しをするなと申しつけたはずである。それを破ったのは、そなたであろう。余が後始末をしてやる義理はない」

きっぱりと松平定信が告げた。

松平定信は併右衛門を手中のものとするため、一門の松平主馬の息子と瑞紀の縁談を画策した。しかし、それは不偏不党を旨《むね》とする併右衛門が決意をもって阻んだ。そのとき、松平定信は、主馬にことは終わったゆえ、併右衛門とかかわりをもつなと警告していた。

「なにとぞお力をお貸し下さいませ」

畳廊下に額をつけて、主馬が頼んだ。

「自業自得というものだ」

あっさりと松平定信は背を向けた。

「越中守さま」

泣きそうな顔で主馬が、叫んだ。

「誰かに責任を取らせるのだな。ああ、念のために申しておくが、家臣に罪を押しつけても無駄だ。現場を併右衛門に見られたのであろう」

背を向けたまま、松平定信が言った。

「責任を……真二郎に詰め腹を切らせよと……」

一人になった主馬が、がっくりとうなだれた。

「命を絶つだけが方法ではないぞ。旗本にとってなによりつらいことはなんだ。考えてみよ。立花の納得がいくだけのものをな」

言い残して、松平定信が歩き出した。

溜間へ戻りつつ松平定信は、苦い顔をしていた。

「要らぬことをしでかしてくれたわ。これで立花の警戒が強くなるな」

松平定信がつぶやいた。

「警固《けいご》の柊もいっそう注意するであろう。手立てが狭くなった。度し難い奴よ」

独りごちながら、松平定信は主馬を呪った。

「立花を排するためには、どうすればいい」

歩きながら、松平定信は思案した。

「お庭番《にわばん》を遣えぬか。上様へお願いして……いや、それは愚策か。立花を殺すことはできるだろうが、上様へ委細《いさい》を報せてしまう。お庭番は上様の耳目。いかに、余の命であっても、上様のお許しなくば従わぬ」

いつのまにか溜間へ着いた松平定信は足を止めた。

「どうしてくれようか。奥右筆組頭立花併右衛門」

松平定信が、つぶやいた。

## 四

なにもなかったかのように、翌朝の立花家はいつも通りであった。

「いってらっしゃいませ」

「うむ」

娘に見送られて、併右衛門が登城した。

「そこまでお見送りを」

いつもは登城の供はしないのだが、念のためと衛悟は、途中までの同行を申し出た。

「越中守さまは、動かれまするか」

「昨日のことでか」

衛悟の心配に併右衛門が応じた。

「それも含めてでございまするが」

歩みを止めず、衛悟は続けた。

「松平主馬を援護されはしまい。いかに一門とはいえ、旗本の娘を掠って閉じこめたのだ。どうかばったところで、罪を消せぬ。うかつに手をさしのべて、飛び火すれば、越中守といえども、無事ではすまぬでな」

併右衛門は松平定信につけていた敬称を止めていた。

「かわりに……」

一度言葉を切った併右衛門が語り始めた。

「主馬の暴走を止めきれなかったのだ。越中守も己《おのれ》の力が衰えていると気づいたはずだ。力がなくなる前に、儂を排除せねばならぬと、性急な手段に出てくるやも知れぬ」

「また刺客を」

衛悟は、眉《まゆ》をひそめた。

「それほど単純であればいいがな」

併右衛門が嘆息した。

「さて、ここらでよい」

「承知」

曲れば、外桜田門が見える辻角で、併右衛門が背を向けて去った。

「道場へ行くか」

併右衛門を見送って、衛悟は踵《きびす》を返した。

衛悟の学んでいる剣術は、涼天覚清流《りょうてんかくしんりゅう》である。堀口亭山貞勝《ほりぐちていざんさだかつ》を流祖とする涼天覚清流は、一撃必殺を旨《むね》とした実戦剣法である。

衛悟は涼天覚清流を大久保典膳《おおくぼてんぜん》に学び、免許皆伝を受けていた。

「来たか」

道場では大久保典膳が、弟子の指導にあたっていた。

「さっさと用意いたせ。そなたは師範代なのだぞ」

弟子の撃ち込みをさばきながら、大久保典膳が文句をつけた。衛悟の前に師範代であった上田聖《うえだちから》は、藩主の国入りに従って江戸を離れている。衛悟は上田聖のあとを受ける形で、先日師範代に推されたばかりであった。

「はっ」

急いで衛悟は、道場の壁に掛けられている竹刀《しない》を手にした。

「柊さん、一手お願い申しまする」

すぐに弟弟子が、声をかけてきた。

「うむ。来い」

衛悟は首肯して、竹刀を青眼《せいがん》に構えた。

「りゃあ」

弟弟子が、竹刀を振りかぶって、上段から撃ってきた。

「間合いが遠い」

半歩下がって、衛悟はかわした。

「鍔《つば》で敵の額を割るつもりと教わったはずだ」

「申しわけございませぬ」

空を切った竹刀でしたたかに床を叩《たた》いた弟弟子が、手を振りながら頭を下げた。

「もう一度だ」

「お願いいたしまする」

ふたたび弟弟子が、竹刀を振りあげた。

「やああ」

大きく踏み出した弟弟子が、竹刀を落とした。

「ぬん」

動かず衛悟は、一撃を竹刀で受けた。

「よし。今の踏みこみぞ」

「ありがとうございまする」

弟弟子が顔をほころばせた。

「あとは、刃筋を合わせよ。人の頭の骨は丸い。まっすぐ刃筋を合わせなければ、玉の上で滑るように、刃が左右へとずれる。もちろん、皮は切れるが、必殺ではなくなる。上段からの一撃で、勝負を決められなければ、がらあきの胴を撃たれる。よいか、一撃必殺とは、敵を殺すだけでなく、己の命もかけることなのだ。心せよ」

「はい」

「次、お願いいたしまする」

初心の弟弟子が、稽古《けいこ》を求めた。

「佐田《さた》か。まずは、振ってみよ」

立ち合うのではなく、衛悟は素振りを命じた。

「えい、やあ、えい、やあ」

八歳になったばかりの佐田は、まだ竹刀を手にして一年に満たない。身体に合わない大きな竹刀を佐田が振った。

「左の膝を、もう三寸（約九センチメートル）曲げよ。さすれば、竹刀の威力は倍になる」

「こうでございましょうか……あっ」

佐田が演じようとして、体勢を崩した。

「腰から落としてはいかぬ。身体の重みは背筋を通して、引き足へ垂らすようにな」

「やってみまする」

心持ち足を開いた佐田が、竹刀を振った。

「よし。それを今日中に身につけよ」

「はい」

竹刀を持って道場の隅へと佐田が引いた。

「衛悟」

稽古の手が一瞬空いた衛悟を大久保典膳が呼んだ。

「なにか」

道場の上座へ腰を下ろしている大久保典膳の前で、衛悟は片膝をついた。

「木村《きむら》と稽古試合をしてやれ」

大久保典膳が命じた。

「承知」

衛悟は首肯した。

木村とは、道場で上田聖、衛悟に次いで三番目に札を掲げる遣い手である。

「稽古を一時止めよ」

大きな声を大久保典膳が出した。

「木村、衛悟と試合《しあ》え」

「はっ」

すぐに木村が応じた。

「柊さんと木村さんの試合だぞ」

「上田さんのおらぬ今、大久保道場を支える竜虎。これは目を離せぬな」

弟子たちは壁際《かべぎわ》に正座しながら、私語を始めた。

大久保道場では稽古中の私語を禁じていなかった。他人の話し声で乱されるような集中では、実戦で役に立たないからである。

「一本勝負」

手を上げて大久保典膳が試合の開始を宣した。

「お願いいたしまする」

格下になる木村が、頭を下げた。

「参れ」

衛悟は鷹揚《おうよう》に受けた。

稽古ならば、指導を受ける格下からかかっていくのが礼儀である。しかし、試合となれば、格の違いは無視された。

実戦を想定したのが稽古試合である。先に動くのが有利とはかぎらないのだ。

「りゃああ」

半歩だけ踏み出し、木村が誘いを掛けた。

「…………」

対して衛悟は、相手にしなかった。

「……おう」

気をそらされた木村が、もとの位置へと足を戻した。

衛悟はじっと木村を見つめた。師範代である衛悟は、ただ勝てばいいわけではなかった。勝負がついたとき、なにかしらを木村が得られるようにしなければならない。

「動かないぞ」

「ああ」

壁際の弟子たちが、始まりの姿に戻った二人を見ながら、ささやきあった。

「おうっ」

今度は衛悟が前へ出た。

「やあ」

気合いを返しながら、木村が半歩下がった。

「ほう」

大久保典膳が小さく声を漏らした。

「えいっ」

もう一歩衛悟は、踏みこんだ。

「…………」

木村がさらに下がった。

「ぬん」

衛悟は、大きく一歩足を伸ばした。

「りゃあ」

応じて木村が間合を保った。

「ふむ」

満足そうに大久保典膳が頬を緩《ゆる》めた。

いつのまにか、木村は道場の壁まであと半間（約九十センチメートル）まで追いこまれていた。

「りゃあああ」

木村が気合いをあげて、竹刀を上段へ変えながら出た。

「おうやあ」

衛悟も竹刀を振りあげた。

涼天覚清流の奥義は、真っ向から撃つ一刀の疾《はや》さと重さにある。二人の竹刀が空中ですれ違った。

「あうっ」

うめき声を上げて木村が、腰から落ちた。乾いた音を立てて、木村の手にしていた竹刀が床に転がった。

「それまで」

大久保典膳が試合の終了を宣した。

「み、見えたか」

「い、いいや」

弟子たちがざわついた。

「なにか、師範代に角が生えたように……」

佐田が、口にした。

「うむ」

微笑みながら大久保典膳が首を縦に振った。

「皆、寄るがいい」

大久保典膳が道場の中央に立ち、弟子たちを集めた。

「衛悟」

「はい」

腰をついたままの木村を介抱していた衛悟は、顔をあげた。

「木村」

「は、はい」

頭をふらつかせながら、木村が懸命に起きようとした。

「木村、横になっていろ。衛悟、見てやれ。まともに喰《く》らったのだ、しばらくはまっすぐ歩けぬ」

いたわるように大久保典膳が言った。

「さて、今の試合だが、わかったか」

「…………」

互いに顔を見合わすだけで、弟子たちは答えなかった。

「無理もないか」

大久保典膳が首を振った。

「二人とも涼天覚清流の基本、雷《いかずち》であったことくらいは、見えたであろうな」

雷とは大上段からまっすぐ相手の脳天を撃つ技のことである。渾身《こんしん》の力を込めるだけに、決まれば兜《かぶと》ごと相手の頭を割った。

「それは」

弟子たちが首肯した。

「では、どちらの一撃が早く出た」

「木村さんの竹刀が先に」

「うむ。だが、結果は衛悟の竹刀が木村の脳天を撃ち、木村は一撃の途中で崩れた」

ゆっくりと大久保典膳が述べた。

「木村、おぬしはわかったであろう」

「……はい」

頭を振りながら、木村がうなずいた。

「柊師範代の一撃は、雷の位置まで引きあげられることなく、途中から落とされました。型どおりに、竹刀を上段より後ろへ引いたわたくしの一刀より、師範代は浅かった」

木村が説明した。

「では、威力は軽いか」

「いいえ。喰らった瞬間、意識を持って行かれましてございまする。真剣ならば、まさに、わたくしは唐竹割《からたけわり》にされていたはず」

問いに木村が否定した。

「師よ。浅ければ、十分に身体の重みがのらず、一撃は軽くなるのでは」

弟子の一人が問うた。

「うむ。そう考えるのが普通だ。儂はいつも十分太刀を引けと言っているからな。なれば、木村の型こそ正道。師範代衛悟は邪道となる」

「師範代が邪道……」

聞いた弟子たちが、息を呑《の》んだ。

「…………」

皆の注目を浴びた衛悟は苦笑した。

「まちがえるなよ。流派から外れているが、衛悟の剣も正しいのだ」

「どういうことでございましょうや」

弟子たちが戸惑った。

「剣はなんのためにある。人を殺すためだ。身を守るためなどという世迷《よま》い言《ごと》は口にするなよ。それこそ武士の根幹をゆるがすぞ」

「…………」

「では、剣術はなんだ。衛悟」

大久保典膳が衛悟へ問いかけた。

「いかにうまく敵を殺すかの術でございまする」

「そうだ。相手を殺し、己が生き残る。そのために剣術は生まれ、研鑽《けんさん》されてきた。今、この世にある剣術は、将軍家お手直しの柳生《やぎゅう》といえども、数えきれぬだけの人を殺して練りあげられたものなのだ。剣術の本質はそこにある。泰平の世となったとき、剣術は無用のものとなりかけた。それを防ぐために、剣禅一如《けんぜんいちによ》などという寝言が唱えられ、いつのまにか剣術は、精神修養の手段になった」

一度大久保典膳は言葉を切った。弟子たちへ意図が伝わるのを待った。

「もちろん、それが悪いわけではない。心を鍛《きた》えず、技ばかり磨いた者は、剣に遣われる。剣を遣うのではなくな。だが、忘れてはいかぬのだ。泰平はかりそめでしかない。人には欲望というものがある。他人より裕福になりたい、いいものを喰いたい、いい着物を着たい、いい女を抱きたい、名声が欲しい。さらにたちの悪い妬心《としん》がある。あいつは吾よりいい思いをしている。欲しい、奪いたい、この思いを持ったことのない者は、おるまい」

見つめられた弟子たちが、大久保典膳から目をそらした。

「欲と妬心。この二つがなくならぬ限り、人は争う。争いとなれば、勝った者だけが、すべてを手にすることになる。敗者は命さえ許されぬ。そうならぬため、人は道具を編み出し、技を修めてきた。剣術もその一つでしかない」

「師……」

木村が口を開いた。

「わかったか」

「はい。ときとともに技は変わる。道具が、それぞれの手に応じて調節されるように、技も一人一人で違って当然」

うなずいた木村が述べた。

「そうだ。だが、上背五尺（約百五十センチメートル）しかないものが、四尺（約百二十センチメートル）の大太刀を使いこなせぬように、身の丈《たけ》にあった変化でなければならぬ」

暗に大久保典膳は衛悟のまねはするなと釘を刺した。

「もう一つ、剣は武器である。抜けば無事ではすまぬ。とくに主持ちの武家は慎重でなくばならぬ。主持ちが真剣を抜いていいのは、主の命《いのち》を守るとき、主の命《めい》で闘うとき、あと一つ、武士としての面目をかけたときだけ。やたらに遣うものではないことを肝《きも》に銘じよ。真剣勝負など生涯せぬのが、幸せなのだ」

一同を見回して、大久保典膳が忠告した。

「よし。稽古に戻れ。衛悟、任せた」

大久保典膳が、衛悟へ命じた。

「はっ」

衛悟はふたたび道場の中央へと進んだ。

大久保典膳の話は、己へ向けられたものだと衛悟は気づいていた。大久保典膳は、無理な背伸びはするなと、衛悟へ伝えるために、弟子たちを諭《さと》したのであった。

「次は誰だ」

稽古の相手を求めながら、衛悟は、大久保典膳の気遣いに頭が下がった。

# 第二章　幕府の闇

## 一

将軍の一日は、夕餉《ゆうげ》をもって終わる。

日本橋《にほんばし》の魚河岸から献上された魚の塩焼きを主菜とした膳《ぜん》は、同じものが三つ作られ、小姓番《こしょうばん》、お小納戸《こなんど》御膳番《ごぜんばん》の毒味を経て、将軍家斉《いえなり》のもとへ供された。

「お吸い物にお手がかかりましてございまする」

給仕に付いた小姓が、声を張りあげた。

「…………」

家斉と対面する形で、同じ膳を与えられた毒味役の小姓が、あわてて汁物を取り、含んだ。

「……異状ございませぬ」

汁物を飲んだ小姓が、一礼した。

「上様、お召しあがりなされましょう」

小姓頭取《とうどり》が、告げた。

「うむ」

その間じっと椀《わん》を持ったまま待っていた家斉は、ようやく吸い物を口にした。

「お次、お飯《いい》でございまする」

「はっ」

毒味役がすぐさま米を嚙《か》んだ。

「……異状ございませぬ」

「お召しあがりなされましょう」

ふたたび小姓頭取が許可した。

延々とこの繰り返しで、家斉の夕餉は進んだ。

「満腹じゃ」

家斉が箸《はし》を置いた。

「では、御膳お下げいたしまする」

お小納戸御膳番が、目よりも高く膳をかかげ、将軍家御休息の間下段へと下がった。

「お医師」

小姓頭取が、奥医師を招いた。

「拝見つかまつりまする」

当番の奥医師が、家斉の食べ残したものと分量を紙へ記載した。

「お魚が、いささかお気に召さなかったようでございまする」

奥医師が述べた。

「台所役へ、申し伝えよ」

報告を受けた小姓頭取が、お小納戸頭《がしら》へと顔を向けた。

「承知」

言われたお小納戸頭が、首肯《しゅこう》した。

「お夜具の用意を」

夜具担当のお小納戸たちが、将軍家御休息の間上段へと入った。

「上様をお湯殿へ」

「はっ」

担当の小姓二人が、家斉を先導しようと近づいてきた。

「その前に、少し庭を散策いたす」

家斉が首を振った。

「お言葉ではございまするが、日が落ちてからのご散策は、前例のないこと。足下暗きゆえに、お怪我《けが》なされてはたいへんでございまする」

小姓頭取が止めるようにと言った。

「食べてすぐに湯へ入るほうが、よほど身体《からだ》には悪かろう。胃が重く、このまま湯殿へ行けば、気分が……」

それ以上口にすれば、予定を決めている小姓頭取の責任となりかねない。家斉は、言葉を濁らせた。

「それは……」

小姓頭取も口ごもった。

万一、家斉が湯殿で気分悪くなれば、当番の小姓一同は無事ですまない。頭取は登城停止、小姓たちはそれぞれ謹慎を命じられる。

「腹のなかのものをこなすだけじゃ。走るわけでもない。なにより、躬《み》は、子供のころからここにおる。目を閉じていても、転ぶようなことはない」

家斉は縁側へと出た。

「お履《は》きものを」

あわてた小姓頭取の命に従い、二人の小姓が裸足《はだし》のまま庭へと降りた。

「上様、お召しくださいませ」

草履《ぞうり》の片方ずつを、小姓たちが捧げた。

「すぐ戻る。供《とも》は要《い》らぬ」

「それは……」

反対しようとする小姓頭取を、家斉は睨《にら》みつけた。

「よいな」

「はっ」

小姓頭取が頭を下げた。

家斉にもっとも近いのが、小姓である。気に入られ、望外の出世をすることもあるかわりに、嫌われれば、家を潰《つぶ》された。

家斉は、御休息の間から見えないところまで進むと、足を止めた。

「おるか」

「これに」

呼びかけに応じて、目の前に一人の男が膝《ひざ》を突いた。

ねずみ色の小袖《こそで》、同色のたっつけ袴《ばかま》を身につけた者こそ、お庭番村垣源内《にわばんむらがきげんない》であった。

「なにかあったのか」

お庭番からの合図の一つ、夕餉の飯にのせられた糸くずを、家斉は見逃していなかった。

「お呼びたていたしまして、申しわけございませぬ」

「よい。あまり長居もできぬ。話せ」

詫《わ》びる源内へ、家斉は急《せ》かした。

「松平主馬が、奥右筆《おくゆうひつ》へ手出しをいたしましてございまする」

幕府の機密をいくつか知ってしまった立花併右衛門には、一人のお庭番が見張りとしてつけられていた。

「……松平主馬」

「越中守《えっちゅうのかみ》さまのご一門で、立花併右衛門の娘へ次男を婿《むこ》にと企んだ者でございまする」

「おお。思い出した」

家斉は、手を打った。

「たしか田沼についたことで、越中守から干されたやつであったな。一門の柱を裏切って、敵対し、田沼が失脚するなり、越中守のもとへすり寄ろうとした節操のない者」

「はい」

源内が首肯した。

「なにをしでかしたのだ」

「併右衛門の娘を、寺参りの帰りに掠《さら》い、品川の抱え屋敷へ閉じこめましてございまする」

「愚か者が」

聞いた家斉があきれた。

「己《おのれ》がいったい何をしているのかもわかっておらぬのか。このようなものの見えぬ輩《やから》にまで禄《ろく》を与えておるかと思えば、情けない。穀潰《ごくつぶ》しとは、主馬のためにある言葉よな」

家斉は、吐《は》き捨てるように言った。

「畏《おそ》れ入りまする」

怒る家斉へ、源内が恐縮した。

「で、どうなったのだ」

「併右衛門と警固《けいご》の柊衛悟の二人によって、娘は救出され、手を下した主馬の次男、真二郎が傷を負いましてございまする」

源内が報告した。

「まったく、どうしようもないの。そこまでやったならば、なにがあっても娘を手に入れる手だてを構じなければ、意味がない。娘を奪い返されては、命綱を切られたにひとしい。このまま奥右筆が黙っているはずなかろうに」

大きく家斉が嘆息した。

「主馬もそのあたりはわかっていたようで、本日早々に越中守さまへすがっておりました」

「ふん。越中は、見捨てたであろう」

「ご明察のとおりでございまする」

鼻先で笑った家斉へ、源内がうなずいた。

「……源内」

「はっ」

しばらく考えた家斉が、源内へ声をかけた。

「越中から、お庭番になにか申して参ったか」

「いいえ。あれ以来なにも」

源内が首を振った。

「そうか。越中め、躬にも報《しら》せず動く気か」

家斉が嘆息した。

松平定信と家斉の間には浅からぬ因縁《いんねん》があった。八代将軍吉宗の孫として田安《たやす》家に生まれた定信は、十一代将軍候補の一人であった。

幼少から聡明であったうえ、柔術を学んで壮健でもあった定信を次の将軍へと推す者もかなりいた。だが、定信は失策をおかした。祖父吉宗がおこなった将軍専政を理想としていた定信は、当時家治《いえはる》の寵愛《ちようあい》を一身に受け、幕政を壟断《ろうだん》していた田沼主殿頭《とのものかみ》意次《おきつぐ》を批判したのだ。田沼意次と敵対した定信は、あっさりと御三卿《ごさんきよう》田安家から、白河松平家へ養子に出された。そして嫡男家基《いえもと》を失なった十代将軍家治の跡継ぎとして江戸城へ迎えられたのが、御三卿一橋《ひとつばし》家出身の家斉であった。

家斉は、家治の死によって失脚した田沼意次の代わりに、定信を抜擢《ばつてき》し、崩れかかった幕政を立て直させた。世に言う寛政《かんせい》の治である。質素倹約を旨《むね》とした定信の施政は、破綻《はたん》しかかった幕府財政を持ち直すなど、大きな成果をあげた。

将軍にはなれなかったが、老中首座として幕政を握った定信は順風満帆であった。

そこに家斉の父一橋治済《はるさだ》が水を差した。治済は、将軍の父という立場を利用して、政《まつりごと》に口出しを始め、なにかにつけ定信と衝突した。

定信の失敗は、治済との対立だけではなかった。幕政を立て直すためとはいえ、定信は厳しくやり過ぎた。とくに大奥を敵に回したのが大きかった。湯水のように金を遣《つか》う大奥にとって、細かい定信はうるさすぎたのだ。大奥は治済支持となり、家斉へ定信排斥《はいせき》を求め始めた。

女と実父から迫られた家斉は、定信を老中から外し、権を取りあげた。

こうやって見れば、定信と家斉は仇敵《きゅうてき》の関係に近い。定信にとって家斉は、将軍の座を奪い、そのうえ老中として尽くしたにもかかわらず、護《まも》ってもらうことなく、捨てた相手であった。

しかし、そのじつは違っていた。

定信は、己を抜擢して、幕政を任せてくれた家斉を認めていた。また、家斉は定信の優秀さと私心のなさを買っていた。家斉の父治済のことがなければ、このまま寛政の治は続き、十一の代を重ね、腐り出した幕府の根太《ねだ》を取り替えられたかもしれなかった。だが、実家、大奥、さらには定信の強引なやり方に反発した御三家や譜代大名たちの圧力で、家斉は定信を老中から外さざるを得なくなった。

これ以上、幕政に混乱をもたらしては、ようやく立ち直りかけた幕府が、もとに戻ってしまいかねない。家斉の苦衷《くちゆう》を汲《く》んだ定信が、老中を辞め、事態は収拾された。

「溜間詰《たまりのまづめ》となってからも、定信は躬《み》の助けをしてくれていた」

苦い顔で家斉が続けた。

溜間とは、普段は無役なれど将軍の求めに応じて、幕政に意見を述べることができ、職につけば大老となる家臣最高の格である。本来白河では溜間となることはできなかったが、家斉は定信の苦労に報いるため、一代限りとして許していた。

「家基のこと、躬の口から告げておくべきであったわ」

家斉がほぞを噛んだ。

十代将軍家治の嫡男家基は、巻き狩りの帰途、病を発し、十八歳の若さで急逝《きゆうせい》した。その裏には、初代将軍徳川家康の呪いと御用部屋がかかわっていた。代々老中になった者だけが知らされる秘事。ただ、将軍の血を引くものは老中にならないとの慣例から外れた定信だけが、真相を知らされていなかった。

家基の死の謎《なぞ》を探り出した定信は、己だけが桟敷《さじき》の外に座らされていたと知り、隠していた家斉へ不信をあらわにした。

その謎を明らかにする手助けをしたのが、奥右筆組頭立花併右衛門であった。

「主馬を見捨てただけですむまいな」

「……………」

源内の返答はなかった。

「越中守は、堅すぎる。頭が回りすぎだ。周囲が馬鹿にしか見えぬのだろう。己のやることが正しいと信じて疑わぬ。たしかに越中守は優秀である。しかし、人は理想の政では生きていけぬ」

悲しげに家斉が目を閉じた。

「今日生きていくのが精一杯の者に、十年先を説いても意味はない。奥右筆組頭にしてもそうじゃ。政にかかわるとはいえ、奥右筆が幕府を動かすわけではないのだ。人は己の目より高いところを見ることはできぬ。この日の本すべてを見下ろす執政と同じ場所に立てる者など、おらぬ。人は己の見える範囲で生きていくしかない。越中守は、他人に求めすぎじゃ」

「いかがいたしましょうや。越中守さまにつけておりますお庭の者、外しまするか」

小さな声で源内が口にした。

「父に殺させるつもりか」

感情をなくした表情で、家斉が源内を見下ろした。大御所《おおごしょ》の称号認可を拒んだ定信への恨《うら》みを一橋治済は忘れていない。治済は執念深く定信を狙っていた。

「差し出たことを申しました」

源内が謝った。

「躬は越中に借りがある。まだ、それを返しておらぬ。今、死なれては困るのだ」

「はっ」

言われた源内が平伏した。

「では、奥右筆を……」

「…………」

一瞬、家斉が沈黙した。

「ならぬ」

「奥右筆は、幕府の闇に触れるのが任。それがもとで殺されたとなれば、不偏不党の信条を守ることはできなくなろう。身を守るため、権を持つ者へすがらざるをえぬゆえな。となれば、奥右筆は権の走狗《そうく》となる。幕政のすべてを把握している奥右筆を手にした者が、どれほどの力を持つか、想像できるか」

はっきりと家斉が首を振った。

「躬は、手元に届いた書付《かきつけ》を見て、認可するかどうかを決めておる。たしかに、疑義があれば、担当しておる役人や老中を呼んで訊くこともあるが、すべてにそれだけのときをかけることはできぬ。その書付を己のつごうのよいものへと変えられていたらどうなる。躬は誤った報告に踊らされる。いや、権を持つ者の傀儡《かいらい》となる。それでは、将軍の意味などないではないか。奥右筆はそれを防ぐためにある」

「…………」

黙って源内は頭を下げ続けた。

「奥右筆の身は、幕府が、いや将軍が、守らねばならぬ。奥右筆を創設した五代将軍綱吉《つなよし》さまが、意志を継ぐためにもな」

家斉が述べた。

三代将軍家光《いえみつ》以来、飾りものとなっていた将軍の状況に危機を覚えた綱吉によって奥右筆は創設された。力を握った老中たちから幕政を取り戻すため、綱吉は奥右筆の目がとおらぬものは、効力を発しないと制定した。こうして、老中の独断で法や令が出されることを綱吉は防いだ。幕府職制上、奥右筆は若年寄支配となっているが、実際は将軍直属に近い。

「なにがあっても、奥右筆の命を将軍が左右してはならぬ。それをしたとき、将軍の信頼は地に落ち、幕府は倒れる」

「浅はかなことを申しました」

ふたたび源内が頭を地につけた。

「よい」

手を振って家斉は源内を許した。

「重いな」

家斉が漏《も》らした。

「両肩にのしかかる命の重み。政の闇へ落ちぬよう踏ん張らねばならぬ脚の疲れ。見たくもないものを押しつけられる目のつらさ。どうして人は、将軍の地位などを欲するのか。権の裏側にあるものの黒さを、気づいておらぬはずはあるまいに」

ゆっくりと家斉が空を見上げた。

「上様……」

「手が届かぬからこそ、星は美しい」

寂しそうに家斉がつぶやいた。

二

師範代になったとはいえ、衛悟が道場にいるのは午前中までであった。

「飯を喰《く》っていけ」

少ない報酬《ほうしゅう》を気にした大久保典膳が昼餉《ひるげ》を用意してくれるので、衛悟が道場を出るのはいつも昼八つ（午後二時ごろ）になる。

「今少しなにか欲しいな」

師匠の前で、腹一杯になるまでお代わりをするわけにはいかなかった。衛悟は少し物足りないものを感じ、大久保典膳と別れた後、両国橋《りょうごくばし》を渡って深川《ふかがわ》へと足を伸ばした。

深川には、衛悟行きつけの団子屋《だんごや》律儀屋《りちぎや》があった。

一串五個で五文が決まりであった江戸の団子は、四文通用の寛永通宝波銭《かんえいつうほうなみせん》の登場で、四個に減った。一文銭五枚払うより四文銭一枚のほうが、気急《きぜ》わな江戸の庶民には合っていたためである。代金も一文安くなったので、値上げではないが、食べるほうとしては、損をした気分になる。そんななか深川の団子屋は、四文に値下げしても団子を減らさず五個のまま出した。律儀な店だと評判になった団子屋は、いつのまにか律儀屋と呼ばれるようになった。

かつて小遣い銭にも困っていた衛悟にとって、団子一個の差は大きい。道場の帰り、両国橋を渡るだけの値打ちは十分にあった。

その律儀屋へ、衛悟は久しぶりに寄った。

「団子を二串と茶を頼む」

注文を終えた衛悟へ声がかかった。

「お控えどのではござらぬか」

武家では次男のことをお控えと呼んだ。

「これは、覚蟬《かくぜん》どの」

顔馴染《かおなじ》みの願人坊主《がんにんぼうず》が、律儀屋の床机《しょうぎ》に腰掛けていた。

「お久しぶりでございますな」

覚蟬が腰をずらし、床机に場所を作った。

「御免《ごめん》」

一礼して衛悟は覚蟬の隣に座った。

「お元気そうで」

「十日雨が降れば、干上がる願人坊主でござる。医者にかかるだけの金などございませぬ。元気でなければ、生きてはいけませぬでな」

衛悟の言葉に覚蟬が笑った。

覚蟬はもと東叡山寛永寺《とうえいざんかんえいじ》の学僧であった。天台宗《てんだいしゅう》始まって以来の出来物《できぶつ》と呼ばれていたが、ある日、「女と酒も俗世の一つ。知らずして悟りを語るは、空念仏《からねんぶつ》にひとしい」と公言し、酒色に溺《おぼ》れた結果、寺を追放された。今は辻角で説法をしたり、適当に作ったお札《ふだ》を売り歩いたりして、お布施をもらう願人坊主となっていた。一文二文の施しで生きていた覚蟬もまた律儀屋をひいきにしていた。

ここで何度も顔を合わしたことで二人は知り合っていた。

「お控えどのこそ、いかがでござるかな。養子の先は見つかりましたかの」

団子を一つ口に入れながら、覚蟬が問うた。

「なかなか難しゅうござる」

苦笑しながら衛悟は首を振った。

「立花さまのお供が忙しいのでござるな」

「はい」

覚蟬に衛悟は併右衛門の警固を務めていると語っていた。

「お暇になれば、立花さまが、よい養子先を斡旋《あっせん》してくださいましょうからな。それがないというのは、まだまだ立花さまにとって、お控えどのは役に立つと」

「…………」

衛悟は黙った。言われるまでもなく、ずっと衛悟が抱いてきた疑問であった。最初は納得ずくで金をもらって雇われた。だが、仕事は金でまかないきれるようなものではなく、命の危険にさらされるほどの厳しいものであった。ともに互いの身を預けての戦いが重なり、いつのまにか雇い雇われるだけの仲ではなくなっていった。だが、併右衛門は衛悟の求める養子先を探すそぶりさえ見せていない。そこに衛悟の不満がくすぶっていた。

「要《い》らぬことを申しましたかな。なれど、ちとお聞きいただきたい。立花どのにとって、お控えどのは、なんなのでございましょうな」

茶をすすりながら覚蟬が問うた。

「役に立つ道具、あるいは親しき隣家の次男、それとも娘の婿候補」

瑞紀の名前が出たところで、衛悟の肩が震えた。

「なにかございましたな」

すっと覚蟬が目を細めた。

「立花さまの娘御に婿の話でもございましたか」

「うっ……」

「わかりやすいお方だ」

覚蟬が微笑《ほほえ》んだ。

「その話は消えましてござる」

「ほう。一度もちあがった縁談がなくなる。お武家さまでは滅多《めった》にないことでございましょう」

「ちと相手に問題がでまして」

「問題……」

小さく覚蟬が首をかしげた。

「いや。なんでもござらぬ」

首を振りながら、衛悟はちょうど来た団子を口に入れた。

「そこまで話して、先はなしとは、殺生《せっしょう》なことでございますぞ。拙僧《せっそう》は坊主。坊主に話すは御仏《みほとけ》に語るも同然。功徳の一つとして、かならず、御身に報いましょう」

覚蟬が食い下がった。

「……二日前に相手が瑞紀どのへ、無体を仕掛けたのでござる。これ以上はご勘弁願いたい」

「なるほど。それは、いけませぬな」

簡潔に終わらせた衛悟へ、覚蟬が首肯した。

「そういえば、お控えどのにもご養子のお話がござったかのように聞きましたぞ」

思い出したように覚蟬が言った。

「二度ほどお目にかかっただけで」

「それもみょうな……まあ、気に染まぬ話には乗らぬのが、なにより。嫌々《いやいや》婿に行ったのでは、後悔することになりかねませぬ。人と人の縁でたいせつなのは、なにより相性でござれば」

なぐさめるように覚蟬が述べた。

「では、拙僧はもう一稼ぎして参りまする。お控えどの、また」

最後の一滴まで茶をすすって、覚蟬が立ちあがった。

東叡山寛永寺は、徳川家の祈願所として三代将軍家光によって建立された。開祖は徳川家康の懐刀《ふところがたな》といわれた天海大僧正《てんかいだいそうじょう》である。三代目から宮家出身の僧侶が住職を務めたことで、門跡《もんぜき》寺院となった。その本坊円頓院《えんとんいん》に数名の修験者が集まっていた。

「覚蟬どのは」

「まだ来られぬ」

すでに時刻は深更《しんこう》に近かった。

「今宵《こよい》はお見えにならぬのではないか」

修験者の一人が言った。

「うむ」

別の修験者が同意した。

「よくわからぬ」

若い修験者が嘆息した。

「視海坊《しかいぼう》、どうした」

年嵩《としかさ》の修験者が問うた。

「叡山一の学僧だとの噂《うわさ》でござるが、そうは見えぬ」

若い視海坊が首を振った。

「先日も、町で見かけたが、茶店の床机に腰を下ろし、だらしない顔で団子をほおばっていた」

「そういえば、拙僧は、品川の遊女屋へ入っていく覚蟬どのを見たな」

別の修験者も口を挟んだ。

「であろう。身を偽《いつわ》るために破門されたというが、本当はただの破戒僧ではないのか。戒律も守れぬ、欲のままに女を抱くような堕落した者に、峻厳《しゅんげん》たる我らお山衆の束ねなど任せてよいのか」

援護をもらった形の視海坊が、勢いづいた。

「まだ早い。今は見張るだけでよい。こう言われて、我らが無駄に過ごしたときはすでに一月をこえる。一人で武者十人に値すると称された我らお山衆が、犬のごとく他人の後をつけるだけ。まさに鶏を割《さ》くに牛刀をもってなすではないか」

「一理あるな」

黙って聞いていた修験者が同意した。

「しかし、門跡さまのご信頼は厚い」

「老獪《ろうかい》なあやつに騙《だま》されているのでは」

視海坊が口にした瞬間、年嵩の修験者が厳しい声を出した。

「たわけものが」

「な、なんだ、海山坊《かいざんぼう》」

怒鳴《どな》った海山坊に、一同が驚愕《きょうがく》した。

「わからぬのか。きさまらは、恐れ多くも門跡さまを、お疑い申しあげたのだぞ。不敬にもほどがある」

「それは……」

修験者たちが、顔色《がんしょく》をなくした。

「門跡さまは、覚蟬どのの見識を認めておられればこそ、すべてをお任せになっておられるのだ。その覚蟬どのをけなすのは、門跡さまを疑うにひとしい」

海山坊が、あきれた。

「であった。すまぬ」

「申しわけない」

「…………」

若い視海坊だけが、言葉にしなかったとはいえ、一同頭を下げた。

「視海坊、そなたはまだ若いゆえ、知らぬのも無理はない。覚蟬どのは、比叡《ひえい》のお山にある経典すべてを読み解き、ときのお上人さまへ講じられたほどのお方ぞ」

「すべての経典……」

視海坊が息を呑《の》んだ。

「日光を守護するお山衆は、門跡さまの言葉に従う。覚蟬どのが考えは、門跡さまの命《めい》。忘れるな」

一人一人の顔を海山坊が見た。

「承知」

三人が首肯した。

「堅い話は終わりましたかの」

そこへ、覚蟬が歯のない口で笑いながら現れた。

「これは……覚蟬どの」

あわてて海山坊が頭を下げた。

「…………」

気まずそうに他の修験者たちがうつむいた。

「まあまあ。気にされるな。じつのところ、拙僧は破戒じゃでな。酒も飲む、女も抱く。嘘もつけば、殺生も厭《いと》わぬ」

にこやかだった覚蟬の表情が、なくなった。

「覚蟬どの……」

海山坊たちが、息を呑んだ。

「さて」

氷のような雰囲気を一掃して、覚蟬がふたたび微笑んだ。

「一昨日《おととい》の当番はどなたじゃな」

「拙僧でござる」

視海坊が手をあげた。

「なにもなかったかの」

「いかにも」

気圧《けお》されていたのを跳ね返すように、視海坊が胸を張った。

「いつものように、柊が立花を送って屋敷まで無事に戻ったのを確認しておる」

「…………」

じっと覚蟬が視海坊を見つめた。

「山へ戻るがいい」

冷たく覚蟬が命じた。

「どういうことだ」

視海坊が憤《いきどお》った。

「見届けただけで、終わってどうするのだ。あのあと、なにがあったと思う」

「な、なにがあったと……」

「もうそなたは知らずともよい。海山坊」

「はっ」

「代わりの者を呼ぶように」

「承知」

覚蟬に命じられた海山坊が受けた。

「ま、待て。拙僧にどのような失策があったというのだ」

蚊帳《かや》の外で話が進むことに、視海坊が抗議の声をあげた。

「我らには人手がない。一人一人が、きっちり己の任をこなしても、まだ不足しておるのだ。この状況で、手を抜くような者など、役立たずどころか、足を引っ張る。視界坊」

「な、なんだ」

虚勢を視海坊はまだ張っていた。

「あのあと、立花と柊の二人は屋敷を出て、品川まで行ったのだ」

「ま、まさか。今までそのようなこと一度もなかったではないか」

大きく視海坊が、驚愕した。

「安寧《あんねい》に慣れ、夜越しの見張りを怠《おこた》ったであろう」

「それは……」

視海坊の顔色が蒼白になった。

「公澄法親王《こうちょうほっしんのう》さまの言いつけに従わぬ者など、寛永寺には要《い》らぬ。さっさと立ち去るがいい。放り出せ、海山坊」

「はっ」

海山坊が視海坊の腕をつかんだ。

「お、お待ちあれ」

視海坊の口調が変わった。

「たしかに、先夜は任を怠《なま》けましてござる。だが、それ以前はちゃんと果たしておりました。今後は決してぬかりなきようつとめますするゆえ、なにとぞ」

「七百年の策を、一矢で無にされては、たまらぬ。常在修行こそ、修験者の心得であるはずだ。一夜といえども、気を抜いたそなたは修験者ではなくなった。これから命のせめぎあいをするときに、肚《はら》のできていない者がいては、成るものも成らぬ」

「……今後は」

「死者をよみがえらせることはできまい。それと同じよ。命あるうちに山へ帰れ。今一度初心からやり直せ」

酷薄な表情で、覚蟬が突き放した。

「行くぞ」

海山坊に促されて、視海坊が本坊から出て行った。

「もどったか」

帰ってきた海山坊へ、覚蟬が声をかけた。

「では、話をいたそうか」

「はい」

四人の修験者たちが、緊張した。

「公澄法親王さまより、お報せいただいた。家基公供養のためとして、松平越中守より金千両が届けられたそうだ」

「千両……」

あまりの金額に、一同が啞然《あぜん》とした。

「額が大き過ぎよう。これが、将軍家からだというならば、納得もできる。八代将軍の血を引くとはいえ、越中守は大名でしかない。分をこえておる」

「なぜにそのような金を」

「なにかがあったのだろう」

海山坊の問いに、詳細はわからぬと覚蟬が答えた。

「家基については、知っておるな」

「はい」

修験者たちが首肯した。

「なぜ死んだかも知っておるか」

「そこまでは……」

代表して海山坊が首を振った。

「毒を飼《か》われたのだ」

「……毒。それをどうして寛永寺が知っておるので」

海山坊が訊《き》いた。

「簡単なことだ。寛永寺には家基の遺骸《なきがら》がある」

「墓を暴いたので」

年嵩の修験者が息を呑んだ。

「武家に奪われた政を取り返すためならば、悪鬼の所行でもおこなうしかない。死者の安寧《あんねい》を護《まも》るべき僧侶のすることではないとわかっている。その咎《とが》めは、拙僧が地獄で永遠の責めを受けることで償《つぐな》うつもりじゃ」

「畏れ入りましてございまする」

覚蟬の肚《はら》に一同が頭《こうべ》を垂れた。

「その家基の年忌《ねんき》でもない、命日でもない。にもかかわらず、越中守が供養を申し出た。なにかあったと考えるべきであろう」

「まさに」

「そのとおりでございまするな」

修験者たちが同意した。

「そしてかの奥右筆の娘が襲われたらしい」

「一昨日のことでございまするな」

「うむ」

海山坊の確認に、覚蟬がうなずいた。

「そのあたりのことを調べ、手をうたねばならぬ。ようやく徳川につけこむべき隙《すき》ができた。公澄法親王さまへ、よきお報せができるよう、一同頼むぞ」

「心得た」

一同が力強くうなずいた。

# 三

瑞紀の一件から十日後、奥右筆部屋へ松平主馬から一枚の書付《かきつけ》が提出された。

「これは……」

書付を手にした縁組官位補任掛《えんぐみかんいほにんがかり》の奥右筆が驚愕の声を漏らした。

「ぶしつけであるぞ」

併右衛門とともに組頭《くみがしら》をつとめる加藤仁左衛門《かとうにざえもん》が、咎めた。

「どうかしたのか」

筆を止めて併右衛門は問うた。

「旗本千五百石松平主馬どのより、縁組の願いが参ったのでございまするが……」

叱《しか》られた縁組官位補任掛の奥右筆が、口ごもった。

「見せてみよ」

加藤仁左衛門が、持ってこいと命じた。

「ご覧ください」

縁組官位補任掛の奥右筆が、書付を加藤仁左衛門へ渡した。

「……なんだと」

目を落とした加藤仁左衛門が絶句した。

「見せてもらいまするぞ」

横から手を伸ばして、併右衛門が書付を取った。

「ふうむ」

併右衛門も唸《うな》った。

「まちがいないのだな」

奥右筆部屋の隅で控えている御殿坊主へ、加藤仁左衛門が確認をとった。

「はい。たしかにそれは本日朝、松平主馬どののもとより、御上へあげられた書付にございまする」

御殿坊主が保証した。

旗本や大名が幕府へ出す書付を、奥右筆は直接受け取らなかった。便宜《べんぎ》を図っているのではないかと疑われるのを避けるためである。もっとも、それは表だってのことであり、裏に回れば、付け届け次第で、書付の認可を早くするなど融通はまかせた。

「誰も松平定信よりなにも聞いていないな」

何事かと仕事の手を止めて見ている配下の奥右筆たちに、併右衛門は尋《たず》ねた。

「なにも」

全員が否定した。

「奥右筆部屋へ偽りの書付を出すわけはござらぬな」

「そのようなまねをして、露見すれば家が潰れまするぞ」

加藤仁左衛門の言葉に、併右衛門は続けた。

「となれば、これは……」

「真実《まこと》の願いでございましょうなあ」

併右衛門は、書付をもう一度見た。

「格下、それもお目見え以下の御家人、いや、同心の家へ息子を養子に出すなど、正気の沙汰《さた》とは思えぬ」

「しかし、願いとして出た以上、こちらは粛々《しゅくしゅく》と扱うだけ」

「たしかに。おい」

待っていた縁組官位補任掛へ、加藤仁左衛門が書付を返した。

「前例を探り、差し障りなければ、認可いたせ」

「はっ」

受け取った縁組官位補任掛が、自席へと戻っていった。

「立花どの」

加藤仁左衛門が、小声で呼びかけた。

「これで松平家の家格は一つ落ちましたな」

「まさに。当主の息子がお目見え以下となれば、寄合席格《よりあいせきかく》を返上いたさねばなりますまい」

併右衛門もうなずいた。

旗本にとって寄合席格は、大きな名誉であった。寄合席格とはおおむね三千石以上の旗本に与えられた。また、少数ではあったが千石ていどでも、徳川にゆかりのある松平や大大名の分家なども含まれた。普通の旗本の家督相続のように十把《じっぱ》一絡《ひとから》げで、数がそろうまで将軍家お目見えを待たされることもなく、一家ごとにお目通りを許される格式があった。無役でいる期間も短く、相続すれば日をおかず召し出されるのが慣例であり、務める役目も番頭から側役《そばやく》など高いものから始まった。子女の婚姻《こんいん》でも大名家と縁組みすることも多く、その引きでいっそうの出世もできた。

いわば寄合席格は、幕臣の上に君臨する特別な旗本であった。

「聞けば、先日城中で松平主馬どのは、越中守さまに会っていたとか」

「ほう」

加藤仁左衛門の話に、併右衛門は目を見張った。

「御殿坊主から耳にしたのでござるがな」

城中の噂はそのほとんどが御殿坊主から出ていた。加藤仁左衛門が、声をさらに潜《ひそ》めた。

「どうやら、越中守さまよりお叱《しか》りをうけたらしゅうござる」

「かの御仁《ごじん》は本家である越中守さまを裏切って、田沼どのへついたあげく、引き際を誤り、手痛い思いをしたと聞きまする。ようやく許されて越中守さまのもとへの出入りができるようになったと話題になった矢先ではございませぬか。それが、越中守さまから叱られた。失礼ながら松平主馬どのは、もう……」

「浮かぶことはございますまい」

併右衛門の言葉の後を加藤仁左衛門が締めくくった。

松平主馬の次男真二郎が大番組《おおばんぐみ》同心の家へ養子に出るとの話は、その日のうちに松平定信のもとへ届いた。

「ご苦労であった」

報せてきた御殿坊主へ、白扇を渡して、松平定信がねぎらった。

「主馬め、逃げたか」

松平定信が独りごちた。

徳川と祖を一つにする松平家の家格を落とす。それは、主馬の本家筋にあたる松平定信への絶縁状でもあった。

格を落とした枝葉へ、幹は罰を与える義務もあった。不始末を起こした家の波及を喰《く》らわないために、また他の分家たちをまもるためにも、主馬の家を切り捨てなければならない。松平越中守定信は、一門の頭領として、主馬に義絶を申し渡さなければならなかった。絶縁を申し渡せば、主馬を松平定信の言にしたがわせるわけにはいかなくなる。

「捨て駒じゃ、惜しくはないが……」

松平定信は、あっさりと述べた。

「さて、奥右筆をどうしてくれようかの」

主馬の一件も併右衛門が原因と言える。

「遣いものになるのはいいが、要らぬところまで手を伸ばされては迷惑千万。そろそろ本気で除けねばならぬようだな」

溜間近くの畳廊下《たたみろうか》で、松平定信が考えこんだ。

「奥右筆の座から外すか」

つぶやいた松平定信が、溜間とは反対のほうへと歩き出した。

「越中守さま、上様へ」

松平定信は家斉の居る御休息の間へ来た。

「うむ。お目通りを願う」

小姓頭取の問いに、松平定信がうなずいた。

「お待ちを」

すぐに小姓頭取が、御休息の間へと消えた。

御休息の間は将軍家の住まいでもある。大奥へ行かないかぎり、家斉は御休息の間で起居し、食事もここで摂《と》った。家斉の身のまわりを世話する小納戸《こなんど》と小姓以外は、老中といえども、許しなく足を踏み入れることはできなかった。

「上様、松平越中守がお目通りを願っておりまする」

御休息の間では、御三家御三卿《ごさんきょう》以外敬称はつかない。

「越中がか。よい。通せ」

家斉が認めた。

「越中守、上様がお呼びである」

御休息の間下段から、小姓頭取が招いた。

「上様におかれましては、ご機嫌麗《うるわ》しく、越中守恐悦至極《きょうえつしごく》に存じまする」

松平定信は、下段の中央まで進んで、平伏した。

「越中も息災のようでなによりじゃ。今日はどうした」

上段の間から家斉が声を掛けた。

「久しく上様と一手かわしておりませぬゆえ、ちと」

将棋の相手をしに来たと松平定信が言った。

「そうか。それはよい。返り討ちにしてくれよう」

喜色を浮かべて家斉が同意した。

将軍の政務は午前中でそのほとんどを終えた。午後からは将軍も気ままが許された。

「用意をいたせ」

命じられた小姓が上段の間へ、将棋盤を据《す》え、駒を置いた。

「皆、遠慮せい」

家斉が手を振った。

「はっ」

いつものことと、小姓たちが御休息の間を出て行った。

「なに用じゃ」

表情を引き締めて、家斉が訊いた。

将棋は松平定信と家斉が密談するための口実であった。人払いも、気が散ると家斉が言ったために習慣とされていたが、そのじつは、他人に話を聞かれないためのものであった。

「上様、一人、役人を動かさせていただきたく」

単刀直入に松平定信は口にした。

「誰をだ」

家斉が尋ねた。

「奥右筆組頭を、遠国奉行《おんごく》へと抜擢《ばってき》いたしたいのでございまする」

松平定信は、告げた。

幕政すべての書付を扱い、大きな権を持つ奥右筆組頭であったが、勘定吟味役《かんじょうぎんみやく》の次席と幕府での地位は低かった。対して遠国奉行は任地にもよるが、布衣《ほい》格を与えられ、従六位《じゅろくい》の名乗りも許された。

「ずいぶんな抜擢じゃの」

形だけ駒を動かしながら、家斉が応じた。

奥右筆組頭を経験した者は、お広敷用人《ひろしきようにん》、お納戸頭《なんどがしら》、留守居番《るすいばん》へと異動することが多い。数枚格上の遠国奉行へと栄転した者は、未《いま》だいなかった。

「それくらいの働きをいたしたと確信いたしておりまする」

「ほう。越中にそこまで言わせるとはの。よほどの者と見える」

家斉が驚いた。

「よろしゅうございましょうか」

角を家斉の陣中へ打ちこんだ松平定信が請うた。

「前例のない栄転は、軋轢《あつれき》を生むぞ」

銀を角へぶつけた家斉が、忠告した。

「慣例に従っているだけでは、幕府は腐るだけでございましょう。有為の者を使いこなしてこそ、幕政は潤滑《じゅんかつ》に回りまする」

松平定信が建前を口にした。

「奥右筆組頭が、いきなり遠国奉行になったところで、仕事ができるとは思えぬぞ」

「遠国における報告も奥右筆は目にしておりまする。当然、その正否も十分に理解しておるはず。奥右筆組頭ほど適任はございますまい」

家斉の懸念を松平定信が否定した。

「ならば、目付でもよかろう。前例慣例礼法に精通していなければならぬ目付こそ、奥右筆組頭にふさわしいぞ」

盤面を睨みつつ家斉が言った。

「…………」

松平定信が黙った。

「越中」

家斉が松平定信を見た。

「奥右筆がどういうものか、そなたが知らぬはずはあるまい」

駒から手を離して、家斉が諭《さと》した。

「不偏不党。決して誰にもなびかず、ただ書付を精査する。執政に与えた権の暴走を止めるため、綱吉さまが設けられた歴史を、消すつもりか」

「……うっ」

松平定信がうめいた。

「そなたの無念はわかる。いや、わかるなどと言っては、ならぬな。躬もそなたに報せなかった一人であったわ」

家斉が苦笑した。

幕政の中心にいながら、家康の遺《のこ》した恨《うら》みを独り報されなかった定信の無念を家斉は身をもって味わっていた。なにせ、家斉も隠していた一人だったのだ。

「上様がお気になさることではございませぬ」

あわてて松平定信が首を振った。

「いや。事実を曲げてはいかぬ。そなたの誇りにどれほどの傷が付いたか、躬では想像もつかぬ」

すまなそうに家斉が言った。

「だが、それも政なのだ」

家斉が王の駒に触れた。

「将棋ならば、王を護《まも》るため、すべての駒を犠牲にできる。だが、幕府は違う」

「いえ。上様あっての幕府でございまする」

松平定信が否定した。

「己も信じておらぬことを口にするな。越中からだけは、世辞を聞きたくない」

「申しわけございませぬ」

たしなめられて松平定信が頭を下げた。

「従二位《じゅにい》内大臣、征夷大将軍、淳和奨学両院別当《じゅんなしょうがくりょういんべっとう》、源氏の長者、右馬寮別監《うまりょうべつかん》などと申したところで……」

盤の上にあった王将を、家斉は除けた。

「簡単に替えのきくものでしかない」

「…………」

無言で松平定信が家斉を見た。

「もし、家基が生きていて、王将の位置にあれば、我らはなんの駒であったろうな」

「金あるいは、銀でございましょう。王を護る最後の砦《とりで》」

松平定信が、答えた。

「いいや。違う」

家斉が首を振った。

「我らは……盤の上にさえおられぬよ。本来徳川の血を引く者は、政にかかわれぬが決まり。白河へ養子に出た越中は、そうではないと言いたいであろうが、お主と同じく将軍専政をうたっていた家基は、そなたを遣ったであろうかの」

「…………」

ふたたび松平定信は沈黙した。

「そうであったならば……あのおりこうしていれば……これは、繰《く》り言《ごと》でしかない。流れたときは戻らず、死者はよみがえらぬ。これだけは万人にひとしい。天皇といえど、将軍であっても、免《まぬか》れることのない真理。家基は殺されねばならず、越中は田安を追い出され、躬が将軍となった。変えられぬ事実であろう。その裏にあるのが、あまりに馬鹿げた怨念であったとしてもだ」

「はい」

首を松平定信が、縦に振った。

「過ぎたことだ」

王将を盤面に戻して、家斉は話を終えた。

「しかし、よろしいのでございまするか。たかが奥右筆組頭風情《ふぜい》に、家基さま殺害の裏を知られたままで。軽輩は口さがない者でございまする。そこから漏れては、徳川の恥」

松平定信が食い下がった。

「奥右筆が話したとして、どうなる。島津《しまづ》が、毛利《もうり》が、前田《まえだ》が倒幕の軍でも起こすか。尾張《おわり》、紀州《きしゅう》、水戸《みと》の御三家が、旗を揚げるか」

「それは……」

「であろう。誰ももう戦《いくさ》を望んでなどおらぬのだ。家基がじつは毒殺でしたとなったところで、幕府は揺らぎもせぬ。せいぜい奥右筆が知らぬ間に消えるだけで、騒動は終わる。お役目で知った話を外で漏らす。これは奥右筆でなくとも、してはならぬこと。処分を下されて当然、誰もおかしいとは思わぬ」

家斉が語った。

「なにも起こらぬと」

「ああ。いや、父が動くか」

確認する松平定信へ、家斉が苦笑した。

「父ならば、家基毒殺を利用するであろうな」

「治済さまが、どのように」

松平定信が問うた。

「わからぬ、父のやることとは。息子が将軍となったのだ。それ以上なにを望むというのだ。自らが将軍になりたいならば、なぜ、家基が死んだときに名乗りをあげなかった。まだ子供であった躬を西の丸へ入れ、己は神田館で安穏《あんのん》としていた。自らは火中の栗に手を出さなかったのだ」

家斉が憤懣《ふんまん》を口にした。

「……越中よ」

激情を一瞬でぬぐい去って、家斉が重い声を出した。

「なにか」

同じく松平定信も声を低くした。

「躬が西の丸へ入ってから、どのくらい命を狙われたか、知っておるか」

「な、なにを」

聞かされた松平定信が絶句した。

「密かに処理されたゆえ、知っておる者は少ないが、躬の食事に数度毒が盛られていた。他にも吹上《ふきあげ》の庭を散策している最中に弓で狙われたり、櫓《やぐら》の階段が崩れて下へ落ちかけたり……大奥で抱いている女が、躬の舌をかみ切ろうとしたこともあった」

淡々と家斉が告げた。

「探索はいたされたのでございまするか」

「命じたとも。だが、どれも途切れたぞ。毒はどこで入れられたかわからず、櫓の階段に鋸《のこ》を入れた者は誰か知れず。弓を遣った刺客と大奥の女は捕らえたが、その場で自害した」

「刺客はまだしも、大奥の女ならば身元をたぐることもできましょう」

「……それができなかったのだ。失敗したとさとった瞬間、舌を噛《か》んで自害した女はな、誰に聞いても見覚えのない顔だったのだ」

「そのようなことが、あるはずはございませぬ。大奥へ上がる女中はすべて身元を確かめ、誰かの紹介がなければなりませぬ。ましてや、上様のお側《そば》に侍《はべ》るともなれば、徹底した調べがおこなわれ……」

「あったのだ。それがな」

松平定信の言葉を、家斉が遮《さえぎ》った。

「越中よ。大奥は誰のためにある」

「上様でございまする」

家斉の問いに迷わず松平定信が答えた。

「違う」

はっきりと家斉が首を振った。

「大奥は女のためにあるのだ。将軍は大奥の客でしかない」

「客でございまするか」

「ああ。大奥に躬の居場所はない」

家斉が語った。

「大奥へ入った将軍は、どこに在するか知っておるか。お小座敷じゃ。その名のとおり、畳十枚ほどの大きさしかない。そこで躬は、女を抱き、眠るのだ」

「御座の間はございませぬのか」

「あるとも。ただ、そこへ躬が入るのは、式日などで行事があるときだけよ。いわば、表でいう黒書院《くろしょいん》、白書院《しろしょいん》みたいなものだ。女中たちを謁見《えつけん》するときにだけ、躬は御座の間へ入ることが許される」

ため息混じりに家斉が述べた。

「まあ、そんな話はいい。要は大奥が女のためにあるということを覚えておけ。躬が大奥へ入るのは、日が落ちてからじゃ。女を抱くと告げておけば、お小座敷にはすでに夜具が用意されておる。ところで、越中、巷間《こうかん》で言う女を美しく見せる情景を知っておるか」

「あいにく」

松平定信が否定した。

「夜目遠目笠《かさ》の内というらしい」

「なるほど、はっきりと見えないような状況でございまするか」

うなずきながら松平定信が述べた。

「大奥は女のためにある。ならば、躬が女を抱くお小座敷がどういう状況かわかろう」

「薄暗いと仰《おお》せられまするか」

松平定信が確認した。

「ああ。まともに顔がわからぬほどにな。それに、御台所《みだいどころ》を除いた側室どもは、誰もが同じ格好、同じ化粧をいたしおる。髪は垂らし、先を紙の束でくくり、眉《まゆ》は剃《そ》って、描いたもの。顔はもとがわからぬほど厚くおしろいを塗り、唇《くちびる》は紅で点を二つ打っただけ。たとえ煌々《こうこう》とした明かりの下でも、誰が誰なのか、見分けがつかぬほどだ」

あきれた顔で家斉が語った。

「入れ替わられてもわからぬと」

「うむ。さすがに口を吸いにいったとき気づいて、あやうく逃れた。問題はだ。入れ替わりに誰も気づいていなかったということではない。そこまで刺客を入りこませた裏よ」

「手引きした者がいると」

目つきを鋭くして松平定信が言った。

「そうだ。でなくば、将軍の寝所《しんじょ》に得体の知れぬ女が入れるはずはあるまい」

「調べは……」

「させた。といったところで、大奥は女しか入れぬ。大奥に任せるしかない。盗人に仲間を探させるようなものだ。まともな答えが返ってくるはずもない。残ったのは、躬の寝床で自害した正体のわからぬ女の死体だけよ」

家斉が嘲笑《ちょうしょう》した。

「責任は誰が」

「取るものか。大奥で将軍が襲われたなどと公表できるはずがなかろう。何もなかったのだ」

「ううむ」

松平定信が唸った。

「越中よ。知っている者がいても、ことが明らかにならぬ限り、なにもなかった。これが、政じゃ。いや、釈迦《しゃか》に説法であったな」

静かに家斉が語った。

「王手、これで詰みじゃ。気もそぞろの越中相手では、おもしろくないわ」

「参りましてございまする」

松平定信が平伏した。

「下がれ、越中。白河から溜間詰格を取りあげるようなまねを、躬にさせてくれるなよ」

家斉が手を振った。

「…………」

無言で、松平定信は、下がっていった。

## 四

溜間に戻った松平定信は、そうそうに下城した。

「お戻りなさいませ」

「奥右筆組頭立花併右衛門を呼び出せ」

出迎えた用人へ、松平定信が命じた。

「えっ」

驚きの声を、用人があげた。

松平定信は、家基の死の真相へ近づいた併右衛門を邪魔として、藩中から手練《てだ》れを出し、亡き者にしようとした。衛悟の活躍とお庭番村垣源内の助力によって、襲撃は失敗したが、松平定信と併右衛門の仲は協力から敵対に変わったはずであった。

「参りましょうか」

用人が懸念を表した。

「呼べと申した」

厳しい表情で、松平定信が繰り返した。

「はっ」

主君の言葉である。用人は受けるしかなかった。

ときをおかず、八丁堀《はっちょうぼり》の白河藩松平家の上屋敷から、使者番が麻布《あざぶ》箪笥《たんす》町《まち》の立花家へ向けられた。

「奥右筆組頭立花さまがお屋敷は、こちらでござろうか」

「さようでございまする。あいにく主《あるじ》は、御用にてお城へあがっておりまして、留守いたしておりまする。畏れ入りまするが、どちらさまでございましょうや」

訪れを受けた立花家の家士が応対した。

「これは、名乗りが遅れましてございまする」

使者番が恐縮した。

「拙者、松平越中守が家中の飯田《いいだ》算太夫《さんだゆう》と申しまする」

「これは、白河さまのご家中でいらっしゃいましたか」

家士があわてて、腰を低くした。

「主越中守より、今宵、立花さまに八丁堀の上屋敷までご足労願いたいとの言伝《ことづて》を持って参りましてございまする」

「さようでございまするか。確かにご口上《こうじよう》承《うけたまわ》りましてございまする。主併右衛門戻りましたならば、まちがいなく伝えさせていただきまする」

「よしなにお願い申しあげまする。では、御免」

用件を述べると使者番はそそくさと帰っていった。

帰宅した併右衛門は、家士から用件を聞いて唖然《あぜん》とした。

「儂《わし》に来いと」

「それは、また……」

隣で聞いていた衛悟もあきれた。

「断りまするか」

衛悟が問うた。

「できればそうしたいところだが、そうもいかぬ。退いたとはいえ、越中守の力は、大きい。さすがに儂をお役御免にはできまいが……断るのはあからさますぎて後々難しくなる」

役人の辛いところだと、苦い顔で併右衛門が述べた。

「お供いたしましょう」

「すまぬな」

申し出に併右衛門が礼を口にした。

「夕餉《ゆうげ》はいかがいたしましょう」

二人の話をじっと聞いていた瑞紀が問うた。

「帰ってから喰《く》う。衛悟の分も用意いたせ」

「わかりましてございまする」

瑞紀が首肯した。

「行くぞ」

併右衛門が、衛悟を促した。

「はい」

首肯した衛悟を、瑞紀が呼び止めた。

「衛悟さま」

「なにか」

近づいた衛悟へ、瑞紀が背伸びするように近づいた。

「無事にお戻りくださいませ。もし、父や衛悟さまに何かあれば、生涯、お恨み申しあげまする」

瑞紀が囁《ささや》いた。

「それは困る。きっと何事もなく父上どのをお返しする」

力強く衛悟が保証した。

「衛悟さまもでございまする」

瑞紀が一瞬、衛悟の頭を胸に抱《いだ》いた。

「いってらっしゃいませ」

「あ、ああ」

香ってくる瑞紀の匂いに衛悟が戸惑った。

「急げ」

不機嫌な口調で、併右衛門が急《せ》かした。

「申しわけございませぬ」

さっさと屋敷を出た併右衛門へ、追いつきながら、衛悟が詫びた。

「息子の成長はうれしいだろうが、娘の成長というのはやるせないものだな」

併右衛門が小さく首を振った。

「最近とみに露骨なことをしてくれる」

「はあ」

たった今、やわらかい感触を味わったばかりの衛悟は答えようがなかった。

「まあいい。今は、越中守の意図を読むことが先決だ」

歩きながら併右衛門が言った。

「罠《わな》では」

「そこまで越中守は愚かではない」

もう一度命を狙ってくるのではという衛悟の考えを、併右衛門は否定した。

「一度襲われた儂が、なんの手も打たずに来ると信じるほど甘くはあるまい。もっともそのていどならば、今後越中守を忌避《きひ》せずともすむ」

「なるほど。では、なぜ、立花どのを」

「儂ではなく奥右筆組頭に用があるのだろうよ。なにか、また調べさせたいことでもできた。事情をあるていど知っている儂が、都合よいのだろう」

併右衛門が予測した。

「一度命を狙っておきながら、頼みごとを……」

「そのていどを気にするようで老中首座など務まるか。己《おのれ》を田安家から放り出した田沼主殿頭さまのもとへ、贈りものを持って日参してまで執政になろうとしたのだぞ、越中守は」

甘いと併右衛門は告げた。

「だが、油断するな。儂の態度次第では戦いとなる」

「承知」

衛悟は首肯した。

「大門《おおもん》が開いておるな」

八丁堀に着いた併右衛門が驚いた。

大名屋敷の大門は、城の大手門と同格とされた。原則として当主、上使、格上の大名など、ごく一部の通行以外は許されないのが慣例であった。

「幕府役人である儂を、無役の己より上とした。やはり立花併右衛門としてではなく奥右筆組頭として呼んだか。よほどのことだな」

併右衛門が嘆息した。

「お待ちいたしておりました。主が奥でお待ち申しあげておりまする」

大門から用人が進み出た。

「御免」

併右衛門が門へと近づいた。

「わたくしはここで」

「どうぞ、お供のお方もご同道を」

待機しようとした衛悟を、用人が促した。

「……そうさせてもらえ。茶ぐらいは出してくれるだろう。まさか、二人を取りこんで外から見えないのをよいことに、始末するわけでもなかろう」

挑発するかのように併右衛門が言った。

「はい。ご無礼つかまつる」

うなずいて衛悟も大門をくぐった。

「……こちらへ」

併右衛門の皮肉に用人が頬《ほお》をゆがめながら、二人を案内した。

白河藩ほどの譜代《ふだい》名門となると上屋敷もかなり大きかった。駕籠《かご》が二つ並んで置くことができる玄関式台を上ると、奥まで続くまっすぐな廊下が続く。

「よろしいので」

先導する用人に続きながら、衛悟が問うた。

「さあの。向こうがいいというのだ。気にすることはない」

併右衛門は声を潜《ひそ》めもせず、言った。

「はあ」

衛悟は生返事をするしかなかった。

「こちらで」

用人が廊下の奥で足を止め、膝《ひざ》をそろえて座った。

「衛悟」

同じように腰を下ろした併右衛門にうながされて、衛悟は太刀を鞘《さや》ごと抜いて、正座した。

「奥右筆組頭立花併右衛門さま、お供の衆お一方をご案内つかまつりましてございまする」

障子《しょうじ》の外から用人が述べた。

「うむ。お入りいただけ」

なかから松平定信の応答があった。

「どうぞ」

用人が障子を開けた。

「ご無礼つかまつる」

併右衛門は敷居をこえた。

「御免」

衛悟も後を追った。

「お供の方。太刀をお預かりいたしまする」

あわてて用人が手を伸ばした。

「よい」

松平定信が止めた。

「しかし……」

「ここで余を斬らばどうなるか、わからぬほどの愚か者を余が招くとでも思うのか」

渋る用人へ松平定信が言った。

「はっ。ご無礼を申しあげました。お許しを」

用人が平伏した。

「酒は飲むまい。茶を用意いたせ。白河の面目をかけたものをな」

「しばしお待ちくださいませ」

急いで用人が去っていった。

「立っておらずに座れ」

松平定信が促した。

「では、御免こうむりまする」

併右衛門と衛悟は座った。

「話は茶を飲んでからにしよう」

そう言って松平定信が目を閉じた。

「失礼いたしまする」

少しして若い侍が三人、茶を捧げ持って入ってきた。

「どうぞ」

併右衛門、衛悟、松平定信の順に茶を置いて、若侍たちは去っていった。

「飲むがいい」

「いただきまする」

松平定信の勧めに、併右衛門が応じた。

「これは……」

一口含んで併右衛門が目を見張った。

「うまいであろう。上様よりいただいた献上の宇治茶《うじちゃ》だ」

誇らしげに松平定信が胸を張った。

「これがあの」

併右衛門が驚愕《きょうがく》した。

献上茶は、宇治の新茶を将軍家へ捧げたものである。毎年四月に徒頭《かちがしら》が行列差配として江戸を出発し、茶を受け取り、夏の土用前に江戸へ戻った。将軍の権威を笠にきて、道中傍若無人《ぼうじゃくぶじん》に振る舞ったため、問題となることも多かったが、今にいたるまで続けられていた。

「ごく上等の茶とわかっているが、たかが茶壺《ちゃつぼ》二つのため、あれだけの費《つい》えをかけるだけの意味はない」

怜悧《れいり》な施政者の顔となった松平定信が首を振った。

「無駄が多すぎる、幕府は」

「政にかかわるお話ならば、分不相応でございまする」

わざと腰を併右衛門は浮かせた。

「すべてを知る奥右筆が、なにを申すか」

冷たく松平定信が宣した。

「今宵《こよい》呼んだのは、調べものを命じるためぞ。そなたに政をさせる気はない」

「それは……未《いま》だわたくしをお使いになられまするか」

併右衛門が嘆息して見せた。

「一度吾《わ》が手を傷つけたとはいえ、切れ味のよい鋏《はさみ》を使わぬ者はおるまい」

あっさりと松平定信は、併右衛門を道具に過ぎないと言ってのけた。

「で、なにを切れと仰せられまするのか」

怒ることなく併右衛門が問うた。

「うむ」

松平定信が、ゆっくりと茶を喫した。

「うまい茶というのは、苦いものでもある」

飲み干した松平定信が併右衛門を見た。

「政とおなじよな。施政者にうまみとともに苦渋も与える。どちらかだけを求めれば、茶としては下等なものになる。だが、飲んだことのない者から見れば、献上茶の味など想像もつくまい。ただ特別なものとして羨望《せんぼう》するだけ」

「なにをおおせられたいのやら、わかりかねまする」

併右衛門が首を振った。

「外から見れば武家の棟梁《とうりよう》である将軍という位も、就いてみれば、苦が伴うということよ」

「上様になにか」

「さすがよな。すぐに気づく」

満足そうに松平定信が笑った。

「じつは、上様とお話をさせていただいたおりにな……」

松平定信が家斉殺害未遂の件を語った。

「そのようなことが」

「…………」

さすがの併右衛門も息を呑み、衛悟にいたっては声も出なかった。

「上様は、すんだことだとお許しなされておられるが、このまま放置するわけにはいかぬ。なにより信賞必罰は政の基本。幕府の権威にかかわるだけでなく……次があったとき、上様の身がご無事とはかぎらぬ」

「江戸城内で将軍が害されるなど……」

思わず衛悟が叫んだ。

「あってはならぬのだ」

すかさず松平定信が押しこんだ。

「誰が手を下したのか、併右衛門、あぶり出せ」

「旗本として見過ごせませぬ。承知いたしましてございまする」

松平定信の依頼を併右衛門が請《う》けた。

# 第三章　恨の歴史

## 一

茶の一杯だけで、併右衛門と衛悟は白河藩松平家の屋敷をあとにした。

「お引き受けになってよかったのでございまするか」

少し離れたところで衛悟が問うた。

「越中守《えっちゅうのかみ》の命《めい》とはいえ、ことは上様にかかわるのだ。お断りはできまい。それに、拒否すれば、不忠者として糾弾《きゅうだん》されかねぬでな」

併右衛門が答えた。

「なるほど。ですが、奥右筆組頭《おくゆうひつくみがしら》はもうお一方おられるはず。殺そうとした立花どのより、そちらを遣《つか》われるが、越中守さまにもよろしいでしょうに」

「暗闇を知る者は少ないほどいい。あとで始末するとき楽だからな」

小さく笑いながら併右衛門が言った。

「では、拙者を同席させたのも……」

「一蓮托生《いちれんたくしょう》だと言いたいのであろ」

併右衛門は完全に越中守への敬意を失っていた。

「…………」

衛悟は黙った。ことと次第によっては実家にまで累《るい》がおよぶと言われたにひとしいのだ。

「心配するな。越中守に反発する人も多い。身分が違いすぎる二百俵の柊に手を出せば、不審の目を招く。それは、己《おのれ》の足をすくわれることになりかねない。越中守だ。そのあたりの塩梅《あんばい》も考えている」

「はあ」

慰める併右衛門へ、衛悟は生返事をした。

「しかし、上様のお命を狙うか。家基さまも毒を盛られた。幕府の中身は腐っておるな」

併右衛門が嘆息した。

「将軍を殺すなど幕府の大黒柱に斧《おの》を入れるも同然。それに気がつかぬわけではなかろうに。もっとも初代家康《いえやす》さまのご長男信康《のぶやす》さまを初めとして、代々将軍家お身内が不慮の死を遂げられておる。天下には魔が付きものなのであろうな。織田信長《おだのぶなが》どのも末期は悲惨であったし、豊臣秀吉《とよとみひでよし》どのも子孫は滅ぼされた。徳川は十一代を重ねただけましか」

歩きながら併右衛門が述べた。

「上様を襲った者の足跡を見つけ出せましょうや」

「手だてはある。幕府は先例と慣例で動いておる。厠《かわや》の紙を買うにも届出がいるのだ。人の動きに応じた書付《かきつけ》がかならず残る。それをたぐればいい」

「ですが、上様を狙うほどの者でございまする。そのような証《あかし》を残しましょうか」

併右衛門の自信に衛悟は水を差した。

「それはそれでいい。なにもないところも怪しいのだ。あったことを隠すにせよ、なくすにせよ、無理ができる」

「そういうものでございまするか」

文より剣の衛悟は、首をかしげた。

「剣ができるのはよい。それだけでは、旗本としてやっていけぬぞ。文武ができれば、番方筋《ばんかた》でも文の家でも迎えてもらえるのだ。養子の口が倍に広がる。少しは、文も養え」

「はあぁ」

衛悟が首をすくめた。

「まったく……これでは娘は任せても……」

あきれる併右衛門を、衛悟が押さえた。

「立花どの」

「刺客か」

併右衛門もすぐに反応した。

「誰だ」

一歩前へ出た衛悟が、前方の暗闇へ問いかけた。

「…………」

がっしりとした体格の侍がゆっくりと近づいてきた。

「何者だ。奥右筆組頭立花併右衛門と知ってのうえか」

するどく併右衛門が誰何《すいか》した。

「当然のことよ」

五間（約九メートル）ほどの間合いを空けて、侍が口を開いた。

「きさまが、柊衛悟か」

侍は衛悟へ訊《き》いた。

「まず己から名乗れ。夜中の推参だけでも無礼なのだぞ」

確認に答えず、衛悟がたしなめた。

「横島《よこしま》といえば、わかるか」

低い声で侍が述べた。

「……横島だと。白河藩のか」

衛悟にとって、横島で思い浮かんだのは白河藩の刺客、その頭《かしら》をしていた遣い手であった。

「そうだ。拙者は、その横島が弟の左膳《さぜん》」

侍が名乗った。

「兄の恨《うら》みをはらしに来たか」

「いいや」

衛悟の問いかけに、左膳が首を振った。

「仇討《あだう》ちは、殿より禁じられた」

「では、なんだ」

併右衛門が詰問《きつもん》した。

「警固《けいご》を命じられた」

感情のない声で左膳が述べた。

「我らの警固を、越中守さまからか」

驚きながら併右衛門が確認した。

「そうだ。行くぞ。話は歩きながらでもできる」

左膳が背を向けた。

「……衛悟」

不安そうに併右衛門が衛悟を見た。

「殺気は感じられませぬが、あやつの左やや後ろにつきまする。立花どのは、わたくしの身体《からだ》を壁になされませ」

衛悟が告げた。太刀は左腰にある。右側にいる者を抜き打つことは容易だが、左にいる者を襲うには、どうしても身体を大きく回さなければならなくなり、一拍遅くなる。

「なにをしている。夜が明けてしまうぞ」

三間（約五・四メートル）ほど進んだ左膳が足を止めて振り返った。

「参りましょう」

衛悟が併右衛門を促した。

「ああ」

併右衛門も首肯《しゅこう》した。

「訊いてもよいか」

少し歩いたところで、左膳が振りかえらずに口を開いた。

「なんだ」

「兄の死に様についてよ。あのとき、拙者は国許の白河におったのでな」

左膳が語った。

「剣士として兄は立派であったか」

「……侍として、主命に従われた」

苦い顔で衛悟は告げた。

左膳の兄横島は、多人数を率いて併右衛門と衛悟を襲った。剣士として一対一の勝負を挑んだのではなかった。

「そうか」

静かに左膳が息を吐《は》いた。

「剣術遣いと侍という身は相容《あいい》れぬものなのだな」

「…………」

衛悟は答えなかった。

「兄の微塵流《みじんりゆう》はどうであった」

「きびしい太刀筋であった」

「うむ。そうであろう。兄は白河藩で一の遣い手と讃《たた》えられた人だ。拙者の目標であった」

大きく左膳が首を縦に振った。

「ここまででいい」

屋敷が見えてきたところで、併右衛門は左膳の見送りを断った。

「わかった」

左膳が同意した。

「では、ここで」

軽く黙礼した左膳の表情が強《こわ》ばった。

「だ、誰だ」

左膳が柄に手を掛けた。

「衛悟」

「このすさまじい殺気は、あやつしかおりませぬ」

併右衛門の叫びに衛悟は、草履《ぞうり》を脱ぎながら首肯した。

「もう一人増やしたのか、奥右筆」

江戸の闇から、濃い人影がわいた。

「己だけではかなわぬと、ようやくさとったか」

出てきた冥府《めいふ》防人《さきもり》が衛悟を見た。

「そう見えるか」

冥府防人から殺気が出ていない。衛悟は両手をだらりと垂らしたままで向き合った。

「見えぬな。このていどならば十人いても、意味がない」

顎《あご》で左膳を指しながら冥府防人が言った。

「なんだと」

嘲《あざけ》られた左膳が、怒った。

「こやつは何者だ」

左膳が衛悟へ問うた。

「敵としか言いようがないな」

衛悟は、冥府防人が、見かけない左膳に興味を持ったのではないかと感じた。

「敵……」

左膳が太刀を抜いた。

「ほう」

一閃《いっせん》で太刀を抜き、青眼へ構えた動きの素早さに、衛悟は感心した。生半可《なまはんか》な修行で出せるものではなかった。

「微塵流ではないな」

青眼の高さが、微塵流を名乗った横島の兄と違うことに衛悟は気づいた。

「大捨流《たいしゃりゅう》よ」

冥府防人が教えた。

「太刀の持ち方くらいは心得ているようだが……柊には及ばぬな」

「なんだと」

浅いと言われた左膳が、憤《いきどお》った。

「人を斬った経験はないだろう。生死をかけた戦いをしたことのない者の剣は甘い」

鼻先で冥府防人があしらった。

「甘いかどうか、その身で知れ」

まったく構えようともしない冥府防人へ、左膳が斬りかかった。

「ふん。このていどで頭に血がのぼるようでは、遣いものにならんな」

鋭い撃ちこみを、冥府防人が余裕をもってかわした。

「なにっ」

必殺の一撃をあしらわれた左膳が唖然《あぜん》とした。

「稽古《けいこ》じゃあるまいに。狙った先に相手がいてくれるとはかぎらぬぞ」

いつのまにか冥府防人は、左膳の後ろに回っていた。

「わっ」

左膳があわてて間合いを空けた。

「二度死んだ」

冥府防人が冷たく宣した。

「うっ」

位の違いを見せつけられた左膳がうめいた。

「つまらぬ」

不意に冥府防人の雰囲気が変わった。

「立花どの、お屋敷へ」

殺気を感じた衛悟は、併右衛門を下がらせた。

「……しゃっ」

冥府防人が跳んだ。

「えいっ」

無理に目で追おうとせず、衛悟は太刀を抜き撃った。

甲高《かんだか》い音がして、大きな火花が散った。

「やあああ」

三間先へ降り立った冥府防人へ、衛悟は追撃を送った。

「ふん」

冥府防人が後ろへ間合いを取った。

「ふふふふ」

楽しそうに冥府防人が笑った。

「また腕があがったな。太刀筋の迷いが消えている」

「…………」

下段に太刀を構えながら、衛悟は無言で冥府防人に対峙《たいじ》した。毛ほどの躊躇《ちゅうちょ》も冥府防人相手では許されないと、衛悟は身に染みて知っている。

「いくぞ」

冥府防人が走った。

「疾《はや》い」

迎撃が間に合わないとさとった衛悟は、咄嗟《とっさ》に左へと身を投げ出した。

左肩が地についた瞬間、衛悟は右手だけで太刀を薙《な》いだ。

「……ちっ」

近づこうとしていた冥府防人が、下がった。

「おもしろいぞ、柊」

満足そうに冥府防人がうなずいた。

「あやうく臑《すね》を斬られるところであったわ」

「…………」

応対するだけの余裕は衛悟になかった。転がったまま、衛悟は太刀を冥府防人へ向けるのが精一杯であった。

倒れた者を攻撃するのは難しい。地に伏した位置から出る太刀は低く、対応しにくいからだ。しかし、地に伏した者には、大きな不利があった。足が使えないため、動きがどうしても鈍《にぶ》くなるのだ。

かといって立ちあがろうとすれば、体勢に大きな隙《すき》ができる。やむをえないとはいえ、転がった衛悟は、身動きがとれなくなっていた。

「……なんなんだ。こいつらは」

一気に命のやりとりへ入った二人を見て左膳が絶句した。

「受けてみせろ」

冥府防人が懐《ふところ》から手裏剣《しゅりけん》を取り出し、衛悟へ撃った。

「くっ」

間を空けて飛んできた二本の手裏剣を、衛悟は太刀で撃ち払った。

太刀の揺れが、衛悟の隙となった。

「しゃあああ」

太刀先をまっすぐに冥府防人が、突っこんできた。

「衛悟」

併右衛門が思わず叫んだ。

「なんの」

衛悟は太刀を迷わず冥府防人へと投げつけた。

「ちっ」

切っ先は、ずれていたが、向かい来る太刀を身体で受けるわけにはいかない。冥府防人が太刀で払った。

「ぬん」

刹那《せつな》の隙、衛悟は脇差《わきざし》を抜きながら、転がった。

「馬鹿な、己の刀で身を傷つけるぞ」

衛悟の無茶に、左膳が驚愕《きょうがく》した。

「やあ」

刃が、脇腹を割《さ》く痛みを感じながら、衛悟は片手で脇差を突き出した。

「なんのっ」

下腹を狙った脇差を、冥府防人が後ろへ跳んでかわした。

「えいっ」

手にしていた脇差まで衛悟は投げた。

「そんな」

左膳が愕然《がくぜん》とした。

「ふん」

顔目がけて来た脇差を、冥府防人は太刀で弾《はじ》いた。

太刀を顔の前で振る。ほんの一瞬、刀身が冥府防人の目を遮《さえぎ》った。

「えいっ」

衛悟は転がった勢いを利用して起きた。

「使え」

併右衛門が己の太刀を衛悟へと放った。

「かたじけなし」

左手で鞘《さや》を摑《つか》んだ衛悟は、右手を使って素早く太刀を抜いた。

「ふはははは」

冥府防人が大笑した。

「おもしろいぞ。柊。両刀を起きあがるための道具として捨てるとはな」

後ろ向きのまま、冥府防人が二間（約三・六メートル）退いた。

「退屈しのぎになったわ」

冥府防人が太刀を引いた。

「次も頼むぞ。落胆させてくれるなよ」

すっと冥府防人が闇へと溶けた。

「大事ないか」

併右衛門が衛悟を案じた。

「……うっ」

衛悟は、うめいた。

「どうした」

首をかしげた併右衛門へ、衛悟は襟元《えりもと》を指さした。

「これは……針」

併右衛門が息を呑《の》んだ。

小さな針が、併右衛門の襟元に突き刺さっていた。いつ撃たれたか、衛悟はまったく気づいていなかった。

「うかつにお触りにならぬよう。毒が塗ってあるやも知れませぬ」

手を出そうとした併右衛門を、衛悟は制した。

「…………」

併右衛門の襟から針を取り除きながら、衛悟は肩を落とした。冥府防人はいつでも併右衛門を殺せると示して見せたのだ。己との違いを衛悟はまざまざと知らされた。

「衛悟、傷は」

我を取り戻した併右衛門が問うた。

「浅うござる。身体より着物の裂けた方が痛いくらいで」

衛悟が苦笑した。

「なんなんだ」

一部始終を見ていた左膳が、震えていた。

「あやつは、特別だ」

併右衛門へ太刀を返して、衛悟は首を振った。

「ゆがんだか」

太刀を鞘へ戻そうとした衛悟は、抵抗を感じて止めた。

「曲がったのか」

「はい。おそらく弾かれたときに、峰で叩《たた》かれたのでしょう。数日釣れば戻るでしょうが」

衛悟は嘆息した。曲がった太刀は鍔《つば》に紐《ひも》をつけ、天井から逆さにぶらさげると戻った。

「あのとき、咄嗟に峰を返していた……化けものか」

左膳が驚愕で口を開いたままとなった。

「帰って越中守さまへ、そのまま伝えるといい。いつあやつが越中守さまを襲わぬともかぎらぬのだぞ」

「……わかった」

悄然《しょうぜん》と肩を落として左膳が去っていった。

「何のために遣わされたのでしょうか」

左膳を見送りながら、衛悟は訊いた。

「圧迫ではないか。兄を殺したのだから、儂《わし》らは。仇《かたき》と言われても否定はできぬ。襲ってきたのがあちらだとしても。殺した敵の数だけ、復讐の刃《やいば》は迫る。越中守は、儂らに、安寧《あんねい》の日々はもうないのだと知らせたかったのだろう」

併右衛門が吐《は》き捨てた。

「…………」

衛悟は苦い思いを黙って飲みこんだ。

## 二

水戸の藩士たちの暴走で襲われた一橋治済《はるさだ》は、家臣たちの手で江戸城内の神田館《かんだやかた》に止められ、出ることを控えさせられていた。

「退屈じゃ」

一橋治済が、不満を漏《も》らした。

「剣の試合でもご覧になられまするか」

神田館の差配をする用人城島左内《きじまさない》が、勧めた。

「男の動きを見て何が楽しい」

「ならば、奥女中どもを踊らせまするか」

主の機嫌がいっそう悪くなったのを感じた城島左内が、あわてて提案した。

「修養さえしておらぬ者の舞など、美しくもない」

「…………」

あっさり却下されて、城島左内が黙った。

「しかし、舞はよいな。左内、芸者を呼べ」

楽しそうな顔で一橋治済が命じた。

「女芸者でございまするか」

城島左内が目を剝《む》いた。

わざわざ女とつけて確認したのは、通常武家で芸者と言えば、武芸者のことを指すからである。

「あたりまえじゃ。むさい男の剣舞など見る気もせんぞ」

一橋治済が述べた。

「無茶でございまする。お城のなかへ女芸者を入れるわけには参りませぬ」

とんでもないと城島左内が首を振った。

「入れられぬならば、余が出向いてもよいのだ。柳橋《やなぎばし》とか深川《ふかがわ》には、奥にいる女どもなど足下にも及ばぬほどの美形がおると聞く。余も男と生まれたからには、そのような美女と一夜戯《たわむ》れてみたいぞ」

「とんでもないことでございます。お館さまは、将軍家のご父君にあらせられまする。高貴なその御身近くに遊女とかわりない女芸者を侍《はべ》らすなど」

城島左内の顔色が変わった。

「かつては、行列を仕立てて御三家が吉原《よしわら》へかよったという。余が女芸者のもとへ行くことなど、何ほどでもあるまいに」

「時世が違いまする」

からかうような口調の一橋治済へ、城島左内が食い下がった。

「のう、左内。一つ教えて欲しいのだがな」

「なんでございましょう」

一橋治済に問いかけられて、城島左内が首をかしげた。

「吉原の太夫《たゆう》は、床上手か。妻とは違うのか」

「な、なにをおおせられまする」

城島左内が驚いた。

「足繁《あししげ》く、吉原の三浦屋《みうらや》という見世《みせ》へ顔を出しているそうではないか」

「そ、それは……」

「朝顔太夫《あさがおだゆう》というらしいの」

「どうしてそれを……」

笑っている主君の顔を、おびえた目で城島左内が見上げた。

「余にもいろいろあるということだ。安心せい。そちをどうこうするつもりはない。余のもとへ来る大名たちからそちがもらった金をなにに遣おうともそちの勝手、そうきつい目で見るな」

一橋治済が笑った。

「ご勘弁を願いまする」

盛大にかいた汗を、城島左内がぬぐった。

「冗談はここまでだ。最近、薩摩《さつま》は顔を出さぬな」

寵臣《ちょうしん》をからかうのを止め、一橋治済が真剣な表情になった。

「そういえば、ここ二ヵ月ほどお見えではございませせぬ」

少し考えて城島左内が答えた。

「見限ったか」

「まさか、そのようなことはございますまい」

城島左内が首を振った。

薩摩藩島津家は、家斉の御台所茂姫《みだいどころしげひめ》の実家である。長く徳川最大の敵として冷遇されてきた薩摩から、家斉の正室を選んでくれた治済へ、恩を感じ、島津はなにかと一橋家へ援助していた。

「抜け荷も余がおればこそ、見逃されておるのだしな」

「はい。お館さまのお力なくば、島津など、あっというまにお取《と》り潰《つぶ》しになりまする。お館さまあっての薩摩でございまする」

世辞を城島左内が口にした。

「ならば、なぜだ。いや、島津だけではない、最近、余へ頼みをしにくる大名どもが減っておる」

将軍家斉の父という立場を利用して、治済は諸大名の願いを幕府へ取り次いでやっていた。もちろん、かなりの金額を礼金としてもらっていたが、お手伝い普請《ふしん》などを命じられて、予想外の出費をするよりましと、多くの大名たちは、治済の機嫌を取りに来ていた。

「調べまする」

城島左内が言った。

「うむ。些細《ささい》な噂《うわさ》でもよい。探って参れ」

「はっ」

一度平伏した城島左内が、下がっていった。

「奥へ参る」

替りに入って来た小姓頭《こしょうがしら》へ治済が告げた。

「まだお昼を過ぎたばかりでございまするが……」

小姓頭が、思いとどまるように言った。

「では、夜までどうやって過ごせばよい」

治済が問うた。

「剣の稽古でも、書見でも、お心のままに。将棋や囲碁をお望みならば、お相手つかまつりまする」

「ほう。そういえば、そなたは、先日、幕府からつけられたばかりであったな」

「はっ。上様よりお館さまのお世話をおおせつかりましてございまする」

胸を張って小姓頭が応えた。

御三卿は、将軍家お身内として扱われた。御三家のように独立した大名でもなく、年十万俵の賄《まかな》い料《りょう》を与えられ、家臣たちもごく一部を除いて、旗本御家人の出向であった。

「将棋盤を持て」

「はっ」

すぐに将棋盤と駒が用意された。

「先手は……」

「お館さまより、どうぞ」

小姓頭が譲った。

「なかなか自信があるようだな」

「大橋《おおはし》家より、免状をいただいておりまする」

誇らしげに小姓頭が告げた。

大橋家とは将軍家の将棋指南である。

「おもしろくなりそうだ」

治済の機嫌は小半刻《こはんとき》（約三十分）ももたなかった。

「参りましてございまする」

震えながら小姓頭が、負けを認めた。

「つまらぬ」

吐き捨てるように治済が言った。

「申しわけございませぬ」

面目を失った小姓頭が、平伏した。

「奥へ行く」

「はっ」

反対する者はいなかった。

「お報《しら》せを急げ」

小姓頭の言葉で、小姓が一人奥へと走った。

大奥ほどの規模はないが、神田館でも奥と表ははっきりと区別されていた。

「お館さま、お渡りにございまする」

「これほど早くに」

報せを受けた奥が混乱した。

「絹《きぬ》、お出迎えを」

老女が、絹を呼び出した。

「どちらへご案内をいたせば」

絹が問うた。

「御座の間は困る。夜具の用意ができておらぬ」

神田館の奥には治済のための御座の間があった。奥へ入った治済は、ここで女を抱き、眠るのだ。

「では、どなたかお部屋さまのお局《つぼね》へ……」

治済が奥へ来るのは、ただ一つ、側室の誰かを寵愛《ちょうあい》するためである。

「誰の部屋もお館さまをお迎えする準備はできておらぬ。ときを稼げ」

首を振った老女が、告げた。側室たちが治済を迎えるには、身を清め、香をたきしめるなどの用意が要《い》った。

絹も治済の相手であったが、お目見《めみ》え以下である甲賀与力《こうがよりき》の娘という出は、側室としての格を与えられず、ただの女中扱いであった。

「お館さま相手にときを稼げだと。無礼なことを」

表と奥をつなぐ廊下で座りながら、絹がつぶやいた。

「誰にお仕えしているかわからぬ輩《やから》は不愉快。近いうちに排除いたすといたしましょう」

絹の目がぬめるように光った。

「扉開きまする」

小姓の声がして、表側の扉が開かれた。

「よくぞお渡りくださいました」

平伏した絹が、歓迎を口にした。

「また絹を遣ったか。芸のない」

すぐに意図を見抜いた治済が、頬《ほお》をゆがめた。

「用意ができておらぬのだな」

「おそれいりまする」

「奥がなんのためにあるのか、理解しておらぬようだ。役立たずに禄《ろく》を払ってやるほど、余は優しくないぞ」

治済が嘆息した。

「お任せくださいますよう」

絹が治済を見つめた。

「うむ。ならば余は新しい女中どもを探させるとしよう」

治済が歩き出した。

「いかがいたしましょう。わたくしの部屋でよろしければ、すぐにご案内いたしまする」

付き従いながら、絹が述べた。

「それもよいが、今日は外に出たいのだ。庭を散策いたす。そなただけ付いてこい」

「承知いたしましてございまする」

先に立った絹が、庭下駄《にわげた》を調《ととの》えた。

「狭いの」

神田館は、神田橋御門内にある。場所柄、それほど大きな屋敷ではない。庭もさして広くはなかった。

「空いているのが上だけというのは、寂しいな」

庭の真んなかに立って、治済がため息をついた。

「生まれてから死ぬまで、ずっとここで過ごさねばならぬかと思えば、息が詰まりそうになるわ。品川の寮は、これよりはるかに狭かった。なれど、潮騒の音が聞こえ、磯の香りもただよっておった。なにより、余を縛り付けようとする者どもがおらなかった」

「つい先日のことでございまするが、懐かしく思いまする」

二歩ほど離れた場所で絹も首肯した。

「将軍の父とはいいながら、とどのつまりは、籠《かご》の鳥。見ろ、館を」

治済が絹へ命じた。

「意味のないことを」

首だけで振り返った絹が、あきれた。

館から多くの女たちが、顔を出して二人を見ていた。

「あやつらが気にしているのは、儂ではない。おまえだ」

「はい」

言われて絹も同意した。

「身分の低いわたくしが、お館さまのご寵愛を受けているというのが気に入らぬのでございましょう。嫉妬《しっと》している暇があれば、お館さまをどうすれば、おもてなしできるか、考えるべきでございましょうに」

鼻先で絹が笑った。

「なにも努力せず、実りだけが欲しい。まったく、今の武家と同じだの。生きていくための糧《かて》を保証されておる旗本にとって、忠誠を尽くすは幕府であり、将軍ではない。まして、譜代の家臣さえもたぬ御三卿《ごさんきょう》の主など、どうでもよいのであろう」

自嘲《じちょう》しながら治済が述べた。

「それでも、お館さまのお情けをいただくことは、次の一橋家ご当主さまの生母となれる希望でもございまする。奥へあがっている女にとって、それがなによりの出世」

「小さい話よな。余の跡を継いだところでたかが十万俵の大名でもない身分」

「お館さま……」

「祖父吉宗さまもむごいことをしてくださったものだ」

「むごいこととは」

力ない声で言う治済へ絹が問いかけた。

「御三卿などを作ったことだ。清水は九代将軍の家重《いえしげ》が創設したとはいえ、吉宗さまにならっただけ。田安と一橋さえなければ……清水はありえぬ」

一度治済が目を閉じた。

「将軍家お身内と呼ばれておるが、そのじつ御三卿は厄介者《やっかいもの》よ。御三家のような領地もなく、官位も低い。ただ、将軍を出す権をもつというだけ」

「それが大きいのではございませぬか」

「いいや。将軍になったとて家臣の一人も連れていけぬ御三卿に、なんの力がある。吉宗さまは、紀州から来られるとき、多くの家臣をお連れになった。とくに信頼できる側用人とお庭番を江戸城へ入れられたは大きい。それに比して、今の将軍はどうじゃ。一橋には、つけてやるような家臣がいない。家斉は、身一つで江戸城へと移ったのだ。頼る者もおらぬ、代々の譜代が権を振るう闇へとな」

「…………」

「御三卿という形骸《けいがい》など作らなければ、家基を除けずともすんだであろうな。家臣どもも恭《うやうや》しくは接するが、けっして余のために命を懸けてはくれぬ。館も家臣も、借りもの、そんななにもない御三卿の立場から、余は出たかった」

「わたくしどもがおりまする」

絹が治済を抱きしめた。

「吉宗さまは、九代将軍を継いだ家重さまを除いて残った男子を御三家の養子になさればよかったのだ。田安宗武《むねたけ》を尾張へ、一橋宗尹《むねただ》を紀州へやればよかった。それで本家から遠ざかっていた御三家の血は濃くなり、我らには将軍を継ぐ権が与えられた。

ただ御三家へ、もう将軍を出すことはないと知らしめるために作られた御三卿など、百害あって一利なしよ」

治済が首を傾けて、江戸城を見た。

「どうせなにもできぬ人形ならば、ひな壇の一番上へ飾られたい」

「…………」

悲壮な治済の雰囲気に、声を出さず絹が泣いた。

「来い」

絹の手を治済が引いた。

「このようなところで……」

さすがの絹もあらがった。

「見せつけてやるのだ」

治済が絹を抱きかかえながら、深く口づけした。

「うっ……」

抵抗をあきらめた絹の懐《ふところ》へ、治済が手を入れた。

「まあ……」

館のほうから黄色い悲鳴が聞こえた。

奥へ泊まることなくもどった治済は、小姓たちを排した。

「おるか」

「これに」

音もなく目の前に冥府防人が現れた。

「越中守はどうしておる」

「奥右筆の命を一度は狙っておきながら、またもやなにかをさせておるようでございまする」

冥府防人が答えた。

「やるではないか、越中守。役人などは所詮《しょせん》道具に過ぎぬ。優秀ならば遣い、役に立たないか、知りすぎたならば除ける。それができて初めて執政である」

治済が手を叩《たた》いた。

「お遣いになられまするか」

「越中守をか。いいや」

あっさりと治済が首を振った。

「頭が固すぎる。なにより、出が好ましくない。将軍の血を引いた執政など、一つまちがえれば、余の代わりの御輿《みこし》として担がれかねぬ。一門に政《まつりごと》の権をわたすなど、愚か者のやることだ」

「おそれいりまする」

平伏して冥府防人が詫《わ》びた。

「奥右筆はどうだ」

「少しばかり動きがあったようでございまする」

冥府防人が、瑞紀にかかわる一件を語った。

「なるほど、婿《むこ》か。越中守もなかなか嫌らしい手を遣うの」

楽しそうに治済が笑った。

「しかし、そこまでして取りこみたいと思うほど、奥右筆組頭は有能か」

「わたくしに役目のことはわかりませぬが、もと二百石の立花を五百石まで増やしたのでございますれば」

治済の問いに冥府防人が述べた。

「家基の真相も知ったか」

「おそらく」

冥府防人が首肯した。

狩りに出た家基を殺したのは、冥府防人であった。まだ、望月小弥太《もちづきこやた》と名乗っていたころ、田沼主殿頭《とのものかみ》意次に命じられ、冥府防人は家基に毒を使った。

飛ぶ鳥を落とす勢いの田沼意次から言われたとはいえ、主筋を殺したのに違いない。後難を恐れた父によって、望月小弥太は実家を放逐《ほうちく》され、籍を削られた。その望月小弥太を拾ったのが治済であった。

「越中守も不幸なことだ。己も報されていなかった真相を、奥右筆ごときに教えられるなどな。矜持《きょうじ》の高い越中守には耐えきれぬだろう」

治済が笑い声をあげた。

「その奥右筆にまた頼るか。なにかよほどのことがあったな。調べよ」

「はっ」

命じられて冥府防人が消えた。

## 三

奥右筆部屋は老中といえども立ち入りが禁じられていた。

「加藤どの。少し、調べものをいたしに上へ参りまする」

「承知いたしました」

併右衛門は同役の加藤仁左衛門へ告げて、書庫へと入った。

奥右筆部屋の二階をまるまる使った書庫には、幕府ができて以来すべての書付の写しが保管されていた。

「お小納戸御膳番《こなんどごぜんばん》の任免記録は……」

まず併右衛門は、家斉へ膳を渡すことのできるお小納戸御膳番に目を向けた。

膨大《ぼうだい》な書付は、代々の奥右筆たちによって、手際よく整理されている。年代だけではなく、役目、事柄などいくつもの項目でまとめられ、探す手間がかからないように考慮されていた。

「これか」

手にした分厚い書付を併右衛門は開いた。

「上様が西の丸へ入られてからだけでいいはずだ。あれは天明《てんめい》元年（一七八一）だったな」

奥右筆に求められる能力の一つが記憶であった。

「在任中に死んだ者、離任直後に身罷《みまか》った者……」

将軍の身の回りを世話するお小納戸は、他役に比べて入れ替わりは少なかった。信頼という観点に立てば、新しい者を役に就《つ》けるには、十分な下調べをせねばならず、非常な手間となる。

「天明元年からの間に、御膳番の入れ替わりは十五名か」

併右衛門は全員の名前を書き写した。

「お役目中に死去した者は二名。咎《とが》めを受けて小普請《こぶしん》へ落とされた者三名か。今も御膳番をつとめている者が五名。残りは無事に転属している」

続いて併右衛門は転属した先を一人一人確認していった。

「ほう異動した五名のうち、二名が次の役職中に死亡している」

次に併右衛門は、隠居家督相続関係の書付を手にした。そこには死因も記されていた。

「こいつは、急病。ふむ。こやつにいたっては、水死か」

併右衛門は、あきれた。

「もう少し隠匿《いんとく》できぬかの。これでは、怪しめと言っておるようなものじゃ」

子細を懐紙へ併右衛門は書きこんだ。

「まずは、この二人からだな」

併右衛門は懐紙を折りたたんだ。

奥右筆部屋には茶を入れたり、書付を届けたりするために御殿坊主が一人常駐していた。

「桂照《けいしょう》どの」

二階から降りた併右衛門は御殿坊主を、奥右筆部屋の隅へ招いた。

「なにか」

足音もなく、御殿坊主が近づいてきた。

「お小納戸御膳番、新城隆亮《しんじょうたかすけ》どのに、お目にかかりたいと伝えてもらえぬか」

言いながら併右衛門は、白扇を一つ桂照へ渡した。

「これは、畏《おそ》れ入りまする」

桂照が喜んだ。

役料の数倍余得のある奥右筆組頭は、内証《ないしょう》裕福である。立花の白扇は、大名並みの一両として通用していた。

「今すぐでございましょうや」

「いや、お役目に差し障らぬあたりで、いつでもよい」

併右衛門は告げた。

御膳番は将軍の食事の支度《したく》をするのが任である。日に三度、一回あたり一刻（約二時間）ほどだけで、あとは控えの下部屋で待機するだけであり、暇であった。

「ご都合をうかがって参りましょう」

小走りに桂照が出て行った。

「なにか不都合でもございましたか」

桂照がいなくなるのを待って、加藤仁左衛門が、問うてきた。

「いや、ちと尋《たず》ねたいことがござっただけで。咎めだてるようなものではございませぬ」

「でござったか。余計な口を出しました」

加藤仁左衛門が退いた。

奥右筆が動くのは、書付の是非《ぜひ》、可否のためである。奥右筆が筆を入れるのを拒否すれば、その書付は永遠に効力を発しない。たとえ老中が出したものであろうとも、例外ではないのだ。それだけの権威が与えられた奥右筆が、誰かを呼び出すというのは、かなり目に付くことであった。

桂照は、下部屋へ向かう途中で、御殿坊主の控え室へと立ち寄っていた。

「組頭」

控えには同朋頭《どうぼうがしら》と呼ばれる御殿坊主の組頭役が一人常駐していた。

「どうした桂照」

同朋頭の栄閑《えいかん》が問うた。

「奥右筆組頭の立花どのが、お小納戸御膳番の新城隆亮どのを呼び出しましてございまする」

「立花併右衛門が、新城隆亮をか」

聞いた栄閑が、繰り返した。

「立花併右衛門といえば、松平越中守さまと最近親しいと噂だな。一族から婿を迎えるという話まであったという。それはどうやら潰《つぶ》れたらしいが……」

栄閑が目を閉じた。

御殿坊主の職禄は少ない。二十俵二人扶持《ぶち》と同心にさえおよばないのだ。同朋頭となれば、二百俵になるが、それでも貧乏御家人並でしかなかった。他に季節ごとに衣服代としてお四季施《しきせ》金《きん》が支給されたが、薄禄には違いない。

勤めが江戸城中ということもあり、あまりみすぼらしい格好もできず衣服に金の要る同朋衆の副業が、噂売りであった。

御用部屋、奥右筆部屋など、余人の入れぬ場所でも、雑用係として滞在することができる御殿坊主は、いろいろな話を聞けた。その噂を御殿坊主は集め、買ってくれそうな役人や大名へ持ちこむのだ。

「御膳番新城隆亮は、ここ十年ずっと変わることなく勤めている。出世もせぬが、咎めも受けぬ。とても奥右筆組頭が話をするに足る相手ではない」

「出世するのでは」

役人の人事も、まず奥右筆部屋を通る。

「なにか、それほどの功績があったか。御膳番が立てられる功名などないぞ。なにより、そのようなことがあれば、我ら同朋が知らぬはずもない」

「たしかに」

桂照が栄閑の言葉に同意した。

「とにかく、よく報せた。できれば、奥右筆組頭と御膳番の会話を聞き取ってこい」

「やってみまする」

うなずいた桂照は、御殿坊主控えを出て、お納戸御門側のお小納戸下部屋へと向かった。

「同朋にございまする」

「おう」

なかからの応答を聞いて、桂照が襖《ふすま》を開けた。

「新城さまは……」

「拙者だが。なにか御用か」

初老の旗本が手をあげた。

「奥右筆組頭立花併右衛門さまが、お目にかかりたいと」

「……奥右筆組頭どのが」

新城隆亮が驚きの顔をした。奥右筆組頭の呼びだしなど、滅多《めった》にあることではなかった。

「ご都合は」

「あ、ああ」

再度声を掛けられて、新城が肩を震わせた。

「何の御用か、聞いておられるか」

「あいにく」

桂照が首を振った。奥右筆組頭に逆らえる役人は、まずいない。新城には承諾するしか道はなかった。

「そうか……上様のお昼も終わったとはいえ、夕餉《ゆうげ》の用意もござる。今すぐでよろしければと。ご返答願いたい」

新城が告げた。

「では、そのように。あらためてお迎えにあがりまする」

首肯して桂照が去っていった。

「新城どの。なにかござったのか」

同僚の小納戸が声をかけた。

「いや、なにも思いあたることがござらぬ」

「出世ではないのか。新城どのの精勤ぶりは上様のお気に召しておるはずだ」

首を振った新城へ、別の小納戸が言った。

「栄転ならば、午前中が慣例ぞ……あっ」

言いかけた壮年の小納戸が、口を閉じた。

幕府にはいくつかの慣例がある。その一つに出世は午前中、懲罰は午後というのがあった。人は誰でも喜びごとを早く知りたがり、悪事は後に回したいものである。そこから出た慣例であった。

「いや、その……」

口ごもる壮年の小納戸へ、新城が笑った。

「咎められるならば、奥右筆組頭どのではなく、お目付《めつけ》が呼び出すはず」

「そう、そうじゃな」

盛大に壮年の小納戸が首を縦に振った。

「では、なぜ」

結局そこへ戻るのだが、新城が悩み始めたところへ、桂照が呼びに来た。

「しばし、御免《ごめん》」

同僚へ頭を下げた新城は、桂照によって奥右筆部屋近くの竹の間外《そと》入り側《がわ》へ案内された。

入り側は、畳《たたみ》を敷きつめた廊下である。役人たちの立ち話に用いられることが多く、入り側で人がしゃべっているときは、近づかないという暗黙の合意がなされていた。

「お呼びだてして申しわけない」

併右衛門は、まず詫《わ》びた。

「いえ。手が空いておりましたので」

足を止めて新城も礼をした。

「早速《さっそく》でございまするが、次の御用もございますので、用件をお聞かせ願いたい」

新城が口火を切った。

「承知しておりまする。御坊主どのご苦労でござった」

「では」

案内してきたまま留まっていた桂照を、併右衛門が追い払った。

「田《た》中《なか》市乃《いちの》臣《しん》、藪内《やぶうち》健《けん》右衛門《えもん》のお二人をご存じか」

「……知っておりまするが、どうかいたしたので。どちらもとうに、亡くなっておりまする」

名前を聞いた新城が、警戒を見せた。

「記録を調べたところ、少し気になることがござったので、御膳番として、共にお役目を過ごされた新城どのならば、なにかご存じかと思いまして」

「なぜ、今ごろになって記録を」

「御用につき、お話しするわけには参りませぬ」

新城の問いかけを、併右衛門は断った。

「……御用」

重い言葉に、新城が詰まった。

「お二人が、急死されたときの話をお願いいいたしたい」

併右衛門は要求した。

将軍や大名ならば、奥医師の詳細な記録が奥右筆のもとへ送られるが、旗本の死亡となると簡素なものとなる。

「かなり古いことなので、あまりよく覚えておりませぬ」

新城が逃げた。

「左様か。お話を聞けるかと思ったのでござるが、残念。いささか手間になりまするが、過去の御膳番記録を洗い出すといたしましょう。いや、お忙しいところ、お呼び立ていたした。まずは勘定方《かんじょうかた》の書付を……」

用はすんだと併右衛門は背を向けた。

「ま、待たれよ」

あわてて新城が止めた。

「今思い出してござる。確か田中どのが、急な心の臓の発作で、藪内どのは、堀端《ほりばた》から落ちられて溺死《できし》なされたはず」

新城が語った。

「ほう。田中どのはかねてよりお身体がお悪かったのでござるかな」

「い、いや。前日の勤務までまったく異常なく、当番明けで帰られた翌日、夜具のなかで亡くなっていたので」

「ふむ。藪内どのは、お酒でも」

「とんでもない。小納戸の役に就く者は、お役が変わるまで決して酒類を口にいたしませぬ。上様のお側《そば》近くに仕える者が、前日の酒の匂いをさせるなど、言語道断」

大きく新城が首を振った。

「お二人は、剣をたしなまれたか」

「いや、聞いてはおりませぬ」

小納戸は将軍の警固《けいご》ではない。剣の腕を求められる役目ではなかった。

「あと一つ。お二方が亡くなられる前、なにか変わったことはございませなんだか」

鋭く併右衛門は新城を見つめた。

「…………」

新城が苦い顔で黙った。

「もう何が目的だとおわかりだと思うが。上様の御膳に異状が仕組まれた……」

併右衛門は声を潜《ひそ》めた。

「どうしてそれを」

息を呑んで新城が、目を大きくした。

「貴殿が語ってくださらねば、ちと面倒ではござるが、膳方記録、奥医師日記を探るだけ。ただし、そこで貴殿の名前が出てくれば、お助けはいたしませぬ。今ならば、貴殿の言いぶんを聞きますが」

最後通告を併右衛門は口にした。

「……わたくしはかかわっておりませぬ。それだけは伺《うかが》っておきまする」

信じるとも信じないとも併右衛門は答えなかった。

「上様のお食事がどうなっておるか、ご存じで」

「あいにく」

併右衛門は否定した。

「上様のお食事はまったく同じものが三つ用意されまする。三つの膳は台所から御休息所近くの囲炉裏《いろり》の間へ運ばれ、まずここで御膳番の一人によって毒味がなされまする。小半刻（約三十分）ほど、様子を見た後、残り二つの膳を温め直し、御休息の間へ……」

新城が語り始めた。

「御休息の間へ運ばれた膳は、一つを上様、もう一つを毒味役に選ばれたお相伴《しょうばん》の小姓の前に置かれ、お食事が始まりまする」

「温め直したときに」

「おそらく。温め直しの当番が、田中であり、上様へ御膳を運んだのが藪内でござった」

力なく新城が告げた。

「田中が入れ、藪内が渡したか」

併右衛門は毒という言葉をわざと省《はぶ》いた。どちらに毒が入っているか知らなければ、意味がない。二人が連携したと併右衛門はさとった。

「誰もが気づかなかったのでござる」

新城が必死で強調した。

「わかっておる。で、上様はどうなられたのだ」

「一口、汁ものを口にされただけで、体調が悪いと奥医師をお呼びになられ……」

「なるほどな。お声をあげられなかったか。さすがだ」

経緯《いきさつ》を知った併右衛門は、感嘆した。

もし、家斉が毒だと騒げば、そこにいた小姓、お小納戸、台所役人のすべてが捕らえられることになったはずであった。また、そうなれば毒を盛られたと隠すことはできなくなり、将軍家の命を狙う者が旗本のなかにいると公表せざるをえなくなった。

そうなれば、幕威は地に落ちる。

「お小納戸で誰がしたのかと探しはしなかったので」

「なにぶん、発覚したのがかなり経ってからだったことと、上様がなにも仰《お》せになられぬので、ひそかに組頭が聞き取りをいたしたていどで、なかったことに」

併右衛門の問いに新城が答えた。

「そういえば、いつわかったのでござる」

ふと併右衛門は疑問を抱いた。その場で毒がばれていれば、いくらなんでもそのままにすることは許されない。御休息の間近くには、警固の新番組など、人目は多い。

「上様が残されたお膳は、台所まで下げられ、そこでもう一度食されるのでござる。お気に召さなかった原因を探るとの名目で、そのじつは台所役人たちの役得」

「そこで食した台所役人が……」

「数名で汁ものを少しずつ食したおかげで、死人までは出なかったのも、騒ぎを大きくせずすんだ原因ではないかと」

「台所役人も痛い腹を探られたくないと」

「でございましょう」

併右衛門でさえ、台所役人の役得の多さは聞いている。台所役人は、将軍家へと献上されたあらゆるものを、横流ししている。先日、松平定信から馳走《ちそう》になった献上茶でも、茶壺《ちゃつぼ》二つ分届くのだ。いかに家斉が茶好きでも、消費しきれるものではない。他にも、薩摩から出される砂糖、姫路《ひめじ》から献上される酒など、蔵がいくつあってもたりないほど、献上品は集まる。そのほとんどが、台所役人たちの手で、ひそかに商人へ横流しされていた。

「ご苦労でござった」

併右衛門は奥右筆部屋へと足を向けた。

「立花どの……」

「六年も前の話でござる。上様があらためてご指示なさらぬかぎり、表には出ませぬ」

「頼みまする」

新城が深く頭を下げた。

奥右筆部屋へ戻った併右衛門は、溜《た》まっていた書付の処理に追われ、一日を終えた。

# 四

屋敷へ戻った併右衛門が衛悟を誘った。

「夕餉をしていかぬか」

「かたじけないお話なのですが、兄が今宵《こよい》は共にと。少し話があるそうで」

苦い顔で衛悟が述べた。

「ご当主どのがか。それならばいたしかたないな。瑞紀」

玄関先で二人を迎えた娘へ、併右衛門が声をかけた。

「なにか、見繕《みつくろ》って参りましょう。衛悟さま、しばしお待ちくださいませ」

瑞紀が台所へと下がった。

「兄上どのが話は永井《ながい》玄蕃頭《げんばのかみ》さまのことだな」

「はい」

衛悟がうなずいた。神君家康公の書付を駿河《するが》から江戸へ運ぶ命を受けた側役《そばやく》永井玄蕃頭の危機を衛悟が救ったことで、親交ができ、その世話で養子の先を紹介してもらっていた。しかし、養子先が衛悟の身分が低いのに難色を示したうえ、永井玄蕃頭が大坂城代添番《おおさかじょうだいそえばん》として江戸から離れてしまったため、話は棚上げ状態のまま放置されていた。

「御堂敦之助《おどうあつのすけ》どのであったな」

「はい」

「領地持ちというのは、なかなか気位が高いでな」

併右衛門も苦笑した。

領地を与えられている旗本は、先祖が歴史ある名門か、それだけの軍功をあげたかのどちらかであることが多かった。五百石と増えた立花家ではあったが、未《いま》だ与えられていないことからもわかるように、旗本のなかでも領地を与えられている家は、同じ石高でも給米取りより格上とされていた。

「お目見えできるぎりぎりの格しかない柊家では、不満で当然だ。婿《むこ》養子に来る者の実家の力がまったく期待できぬのだからの」

「はあ」

実家の悪口を堂々と言われているにひとしい。衛悟は少しふてくされた。

「手を打っておく。今日は黙ってご当主どのの意見を聞いておけ」

「よしなにお願いいたしまする」

衛悟は頭を下げた。

「これをお持ちくださいませ」

そこへ瑞紀が戻ってきた。

「いただきものでございまするが」

「ありがとうございまする。では、明日」

土産《みやげ》を押し頂いて衛悟は帰宅した。

立花家と柊家は隣同士である。歩くというほどもなく実家の潜《くぐ》り門《もん》を開けた衛悟は、勝手口へまわった。

「義姉上《あねうえ》」

「あら、衛悟どの」

女中とともに夕餉の用意をしていた兄嫁の幸枝《ゆきえ》が、驚いた。

「玄関からおあがりなされればよいのに」

「これを立花さまよりちょうだいいたしましたので……」

衛悟は土産を差し出した。

「これは、雉子《きじ》の味噌《みそ》漬け。旦那さまの好物でございますな。ありがたいことで」

受け取った幸枝が、立花家のほうへ、軽く頭を下げた。

「旦那さまがお待ちでございまする」

「着替えて直ちに」

幸枝に促されて、衛悟は急いだ。

「戻ったか」

書院で兄の賢悟が不機嫌な顔で座っていた。

「夕餉の前に、話をすませよう」

「はい」

「御堂どののとのお話はどうなっている。そなた、御堂どののもとへ訪問いたしておるのか」

「いいえ」

衛悟は首を振った。

「なにがあったか、申せ」

言い逃れは許さぬと賢悟が、衛悟を睨《にら》んだ。

「じつは……」

衛悟は御堂敦之助との間にあったことを話した。

「愚か者めが」

賢悟が怒鳴《どな》りつけた。

「岳父となるべきお方に、勝負を挑むだけでも論外である。さらに一本とはいえ、勝つとは。これほど、そなたが世間知らずだったとは思わなかったぞ」

「試合をと求められたのは、御堂どので」

「黙れ。それをうまく断れずして、どうしてこれからやっていけよう。お役に就けば、もっといろいろな苦労があるのだぞ」

「申しわけございませぬ」

兄の賢悟がどれほど苦労して小普請《こぶしん》から、格下とはいえ評定所与力の役を得たか、知っているだけに、衛悟は逆らえなかった。

「まったく。新番組とは、御休息の間近くで上様の警固をなさる番方の誉《ほま》れ。その御堂どのを竹刀《しない》で叩《たた》くとは……ああ、まったく」

賢悟が怒りに言葉を失った。

「今更《いまさら》詫びに行くのはかえってまずい」

「…………」

衛悟も同意であったが、口にはしなかった。剣士の誇りを衛悟は傷つけたのだ。それを謝れば、腕に覚えのある者ほど惨《みじ》めな気分になる。剣ほど白黒のはっきりするものはないのだ。

「どうにかして、御堂どののお怒りを解かねばならぬ。どうすればいい。詫びの品を買うほどの余裕はない。第一、我が家で購《あがな》えるものなど、たかが知れている。とても名のある刀など用意できぬし」

一人賢悟が思案に入った。

「…………」

その日、衛悟が夕餉にありついたのは、深更《しんこう》近かった。


翌日、併右衛門は、登城するなり、松平定信に面会を求めた。

「なにかわかったのか」

溜間《たまりのま》近くの入り側で、松平定信は勢いこんだ。

「まだ一つでございまするが」

併右衛門は御膳番の話を述べた。

「なるほどな。かかわった御膳番二人は、口を封じられた」

「おそらく」

小さく併右衛門はうなずいた。

「しかし、お小納戸と小姓は、上様の側近くに仕える。だけに、身元の調べなどは厳しい。たしか、内々に採用が決まると伊賀者がしばらく張りついたはず。最初から隔意のある者は、おらぬ」

かつては老中首座として幕政を一手に握った松平定信である。そのあたりのことはよく知っていた。

「御膳番に毒を使わせるだけの力をもつ者か……」

難しい表情を松平定信が浮かべた。

「多すぎて絞れぬ」

頭を振って松平定信が息をついた。

「併右衛門」

「なにか」

「今夜、屋敷へ来い」

「ここでは都合が悪いのでございまするか。誰も聞いてはおりませぬが」

併右衛門は周囲へ目を配った。

「見えるところにおるならば、どうにでもなる。いいか、江戸城内で上様の御休息の間と庭以外は、伊賀者のものなのだ」

松平定信が声を潜めた。

「では、ここも」

あわてて併右衛門が天井を見あげた。

「わからぬ。江戸城のすべてを見張るほど、伊賀者はないが、居ないと断言はできぬ」

「……………」

思わず併右衛門は絶句した。

「わかったな」

松平定信が、併右衛門を残して背を向けた。

「御前と呼ばれる者が裏にいるならばまだよいが、もし違えば……他にも上様を狙う者がいることになる」

併右衛門が嘆息した。

「珍しい。立花どのが嘆息なさるなど」

加藤仁左衛門が、笑いながら声をかけてきた。

「いや、これはお耳を汚しましたな」

苦笑しながら併右衛門が詫びた。

「なにかござったのか」

「いや、このようなこと考えてよいのかどうか」

「なんでござろう」

筆を置いて加藤仁左衛門が問うた。

「いろいろな者やところから、上様へ品物が献上されておりまする。その受け取りは、ここ奥右筆部屋へ出されまするが……献上品の消費の状況、なくなった時期などの届けは参りませぬ」

本当のところを隠して併右衛門は語った。

「たしかに……」

「いや、わかっておりまするぞ。これ以上仕事が増えては、とてもやっていけぬと」

あわてて併右衛門が手を振った。

「本来は勘定吟味役《かんじようぎんみやく》どのが、なさるべきことでござるな」

ゆっくり考えながら加藤仁左衛門が述べた。

「さようでござる。ただ、そうして細分すれば、隅々まで目が届きましょうが……」

「すべてを知る者がいなくなる」

「……………」

無言で併右衛門は首肯した。

「奥右筆が不要になるやも知れませぬな」

「いかにも。執政衆のなかには、奥右筆のために政が滞《とどこお》っていると言われておられる方もあるように聞きまする」

「我らの筆なくして、書付は効を発しないのが、老中方にはご不満でございましょうな。吹けば飛ぶような小旗本で、役目といっても法を作るわけでもなく、金を生むわけでもない。ただ、筆を滑らせるだけ」

加藤仁左衛門も難しい顔をした。

「ですが、すべてを見る者がいなくなれば、なにをしても他所《よそ》に知られることがなくなりまする。それは、腐敗を生む。そのいい例が……」

「大奥でござるか」

併右衛門の意図を加藤仁左衛門がくみとった。

「……………」

ふたたび併右衛門は無言でうなずいた。

「さすがに女中の任免、異動の通知は参りますが、それ以外がまったくわかりませぬ。せいぜい、奥医師から出される診療記で、病人の発生などを知るていど」

「お広敷《ひろしき》には、もう少し記録がございましょう」

加藤仁左衛門が言った。

お広敷とは、大奥と表を繋《つな》ぐ場所のことだ。お広敷用人のもとお広敷番頭《ばんがしら》、お広敷番、お広敷伊賀者などが配されている。将軍が大奥で過ごしているときの食事の用意、大奥女中の監督などを主たる任としていた。

奥右筆組頭からお広敷用人へ転じていくことも多いわりに、交流はほとんどなかった。

「大奥に嫌われては務まらぬのが、お広敷でござれば、なかなかこちらの求めに応じてくれますまい」

「女どもは、上様へ直接お話しできますからな。あの者はちょっと……などと囁《ささや》かれては、小普請入りになりかねませぬ」

小さく加藤仁左衛門が身震いした。

無役の旗本御家人の集まりである小普請組は、その名の通り城の細々とした修理を役目としている。といったところで、旗本や御家人に金槌《かなづち》や鏝《こて》を持たせるわけにもいかず、実際は、修繕費用の一部を負担させることで、任の代わりとしていた。石高によって増減があり、併右衛門の家禄ならば、年十両納めなければならなかった。役料が入らなくなるだけでなく、小普請金まで取られることから、懲罰小普請と呼んで、役付の者は恐れた。

「立花どの」

加藤仁左衛門が声を潜めた。

「大奥に手を伸ばすのは……」

「わかっておりまする。火中の栗どころか、燃えさかる油へ手をつっこむことになりかねませぬ」

併右衛門も同意であった。

「大奥……まさに、幕府の闇でございますな」

首を振りながら、加藤仁左衛門が仕事へ戻った。

「お広敷は遣えるの」

つぶやきながら、併右衛門も筆に墨を含ませた。

# 第四章　忍《しのび》の矜持《きょうじ》

## 一

お広敷《ひろしき》伊賀者《いがもの》組頭《くみがしら》藤林《ふじばやし》喜右衛門《きえもん》のもとへ、若い伊賀者が報告に来ていた。

「越中守《えっちゅうのかみ》と奥右筆《おくゆうひつ》組頭が、過去の話を掘り返そうとしているか」

藤林が嘆息した。

「いかがいたしましょう」

若い伊賀者が問うた。

「さすがに、越中守へ手出しをするのは、まずい。上様がお許しにならぬ」

「では、奥右筆組頭を……」

「奥右筆組頭を殺せば、目付《めつけ》が動く。証拠の残らぬようにいたさねば。万一伊賀の仕業と知れては、まずいぞ」

試すように藤林が若い伊賀者を見た。

「かつての御膳番《ごぜんばん》のように、病死と見せかけるか、堀へ落とすか。いずれでも目付の出る幕はございませぬ」

若い伊賀者が胸を張った。

「その言やよし。よし、八田《はった》、おまえに任そう。もう一人誰かを連れて行くがいい」

「はっ」

八田が平伏した。

「伊賀をかつての姿に戻すまで、我らに安息はない」

「承知」

藤林の言葉に八田がうなずいた。

伊賀者同心は当初二百家あった。その後、待遇改善を訴えた慶長《けいちょう》伊賀者の乱の結果を受けて、小普請《こぶしん》伊賀者十三家、明屋敷《あきやしき》伊賀者十三家、山里口《やまざとぐち》伊賀者九家、本丸お広敷伊賀者九十四家、西の丸お広敷伊賀者六十三家の百九十二家に分割された。

あれから百年以上が過ぎ、お広敷伊賀者の数は七十家弱まで減っていた。

「尾山《おのやま》、鋳蔵《いぞう》はおるか」

四谷《よつや》の伊賀者組屋敷へ戻った八田は、長屋の一軒へ声をかけた。

「おう、なんだ庫助《こすけ》」

なかから、八田とよく似た年齢の伊賀者同心が顔を出した。

「ちょっと助《す》けてくれ」

「役目か」

「いや。厄《やく》のほうだ」

八田が冷たい口調で言った。

「……久しぶりだな」

尾山の目つきも変わった。

「誰を」

「奥右筆組頭立花併右衛門」

「いつだ」

「今宵《こよい》、下城を襲う」

問われて八田が答えた。

「堀に落とす気か」

「駄目だったときは、屋敷で心の臓へ針をな」

「わかった。長針の用意をしておこう」

「頼んだ。当番明けゆえ、少し寝てくる」

八田が、己《おのれ》の長屋へ戻った。


併右衛門は、早めに仕事を片付けると、八丁堀《はっちょうぼり》の白河藩上屋敷へ衛悟を伴った。

「お待ちいたしておりました」

用人が門の外で迎えた。

「どうぞ。今宵は御膳の用意もいたしております。お屋敷には人を走らせました故《ゆえ》、ごゆるりとお過ごしくださいませ」

愛想よく用人は、二人を客間へと通した。

「よ、よろしいのでございまするか」

共に客間へ案内された衛悟が、不安な顔をした。白河藩の上屋敷、その客間である。同格の大名、あるいは幕府の上使でもなければ使われることのない場所で、とても小旗本の厄介者《やっかいもの》がいていいところではなかった。

「すでに老中でなくなった越中守は、上役ではない。いわば、我らは客だ。堂々としておれ」

併右衛門は、叱《しか》った。

「は、はあ」

それでも衛悟は、あたりへ目をやったり、出された敷物の具合を確認したりと、落ち着かなかった。

「剣を握れば、あっさりと覚悟できるわりに、普段の肚《はら》は座らぬな。よいか、大名の客間など、相手を威圧するための道具立てに過ぎぬのだ。そう、剣におきかえれば、正宗《まさむね》とか長船《おさふね》のようなものだ。銘刀を持っているからといって、剣術の腕があがるわけではあるまい」

「たしかに」

衛悟は納得した。

いい剣を持っているのが強さならば、剣術道場は不要になり、修行は意味のないものになる。

「わかったならば、黙って座っておれ。初手から相手に呑《の》まれてどうする」

「はい」

一度深呼吸して、衛悟は背筋を伸ばした。

「呼んでおいて、待たせた」

襖《ふすま》を開けて、松平定信が入ってきた。

「いえ。本日はお招きいただきかたじけのうございまする」

ていねいに併右衛門が礼を述べた。

「…………」

合わせて衛悟も頭を下げた。

「話は、夕餉《ゆうげ》のあとにいたそう。用意を」

松平定信が両手を叩《たた》いた。

「ご無礼つかまつる」

数名の藩士が膳を手にし、それぞれの前へ据《す》えた。

「ご給仕を」

一人に一人の藩士がついた。

「たいしたものはない。白河藩の内証は裕福ではないからな」

そう言うと松平定信が食べ始めた。

「ちょうだいいたしまする」

「馳《ち》走《そう》になりまする」

二人も箸《はし》をつけた。

「これは辛うございまするな」

鮭《さけ》の干物を口に入れた併右衛門が、目を剝《む》いた。

「国許から送ってきたものだ。塩辛いであろう。このくらいにせねば日持ちが悪いというのもあるが、ここまで辛いと一切れで、飯二膳はいけよう。貧しい地方の知恵よ」

笑いながら松平定信も鮭を口にした。

松平定信は、細身のわりによく食べた。遠慮して三膳で止めた衛悟より二膳も多くお代わりをし、ようやく夕餉が終わった。

「では、話をはじめよう」

食後の茶で口をしめらせて、松平定信が言った。

「大奥のことも調べましたが、奥右筆部屋では、十分なものもございませなんだ」

「ふむ。大奥のことは、将軍の私《わたくし》になる。幕府の公《おおやけ》を扱う奥右筆では、管轄《かんかつ》が違うか」

聞いた松平定信が嘆息した。

「大奥の書付《かきつけ》も奥右筆に任せるよう、上様へ申しあげるか」

「ご勘弁を願いまする。奥右筆の仕事はすでに限界にあり、とてもそこまで手が回りかねまする」

　これ以上責任を増やされてはたまらぬと、併右衛門が拒《こば》んだ。

「人を増やせばよい」

「邪魔になるだけでございまする。奥右筆として使えるようになるまで、早くて二年はかかりましょう。それまでの間、教えるために人をつけねばなりませぬ。今すぐやったとしてもまともに動けるようになるまで、二年。その間、かえって奥右筆部屋の能力は落ちまする。重大な見逃しを起こすやも」

「難しいか」

　反論されて松平定信が、眉《まゆ》をひそめた。

「はい。表右筆から引き抜けば、少しはましでしょうが」

「そうなれば、表右筆が滞《とどこお》るか」

　松平定信があきらめた。

「いたしかたないな。大奥のことは再考する」

「お願い申しあげまする」

　併右衛門が一礼した。

「となると御膳番を動かした者のことだが……」

「でございまするな。少しばかり伊賀のことも調べましたが……」

「暗い話しか出て来ぬであろう」

「まったく」

憂鬱《ゆううつ》な表情で、併右衛門は首肯《しゆこう》した。

「あの、よろしゅうございましょうか。お聞かせいただきたいことが……」

黙って聞いていた衛悟が口を挟《はさ》んだ。

「これっ」

「いや、よい。二人の考えでは、気づかぬこともある。なんじゃ、柊」

たしなめた併右衛門を止めて、松平定信が許した。

「なぜ、家斉さまなのでございましょう。家康さまから、家治《いえはる》さまと十代の将軍がおられました。十人の将軍家は、狙われなかったのでございましょう。上様へ手出しをするには、よほど思いきるものがないと」

衛悟がすなおな疑問を述べた。

「よいところに気づいたな。立花、なかなか剣だけの男ではないの。これならば、どの役目でもこなせよう」

松平定信が褒《ほ》めた。

「はあ」

併右衛門は口ごもった。

「余が答えてやろう。知っておるのだな、柊も」

ちらと松平定信が併右衛門へ目をやった。

「家基さまのことならば」

「うむ」

うなずいて松平定信が衛悟へ顔を向けた。

「甲賀者《こうがもの》によって家基さまが害された。あれが、将軍殺しの禁忌《きんき》を崩壊させた。わかるか。まちがいなく十一代将軍となられるはずだった家基さまを、田沼の都合で甲賀者が殺したのだ。甲賀者が為《な》したことを他の者がしてはならぬ理屈はないとなったのも当然だ。我欲のために将軍を排する前例ができてしまった」

「欲のために、将軍家を襲うなど……」

松平定信の話に衛悟は絶句した。

「旗本なら考えもせぬ。旗本は上様を護《まも》るためにある。そう代々教えられてきた。血に染みついた教えというやつだ。だが、他の者は。外様大名などは、もともと徳川家と同格だったのだ。忠義というものが肚《はら》に入っておらぬ」

「でございまするな。本来の武士にとって、主とは、己たちに利をもたらす者でございますれば」

併右衛門が続けた。

「物の価《あたい》は上がっても増えることのない禄《ろく》。借金で首が回らなくなっておるのに忠義を尽くせというのも、無理な話ではある。生きていくためならば、職人をするほうがはるかにましなのだ」

あっさりと松平定信が忠義という侍の根本を否定した。

「忠義をもたぬと」

「もたぬわけではないが、与えられたものの対価としてふさわしいだけしか、返さぬというところであろうな」

衛悟の確認に、松平定信が答えた。

「ご苦労であった。これ以上は、そなたたちが、かかってよいことではない。これで任を解く」

「はっ」

松平定信が、終了を告げ、併右衛門と衛悟は平伏した。

「衛悟、先に玄関で待っておれ。越中守さま、少しだけよろしゅうございましょうか」

手を振って衛悟を排し、併右衛門は松平定信へ願った。

「よいが……なんじゃ」

衛悟が出て行くのを待って、松平定信が訊《き》いた。

「柊のことでございまするが、永井玄蕃頭《げんばのかみ》さまのお話が未《いま》だに生きておりまして」

「……どうせいと申すのだ」

松平定信の声が低くなった。

「衛悟のお相手とされた御堂敦之助どのが娘御に、よき婿《むこ》をお願いいたしたく」

併右衛門が告げた。

「ほう。儂《わし》の勧めた縁談を潰《つぶ》したそなたが、それを求めるか」

「他にお願いするお方がございませぬので。この度の報賞代わりということでお願いできませぬか」

皮肉にもこたえず、併右衛門は頼んだ。

「よかろう。その代わり、これで終わりぞ」

「ありがとうございまする。越中守さま相手に貸し借りはおそれおおすぎまするゆえ」

併右衛門はもう一度平伏した。

# 二

玄関で併右衛門を待っている衛悟へ、横島左膳が近づいてきた。

「先夜は醜態を」

横島左膳が頭を下げた。

「いや、恥じられることはござらぬ。あやつは人ではなく鬼でござれば」

衛悟は首を振った。

「鬼か。ならば、あの者と互角に戦われた貴殿は、神か」

左膳が問うた。

「ただの人でございまするよ」

「人を斬った経験をお持ちだな」

「……誇ることではござらぬが」

苦い表情で衛悟は首肯した。

「拙者は白河で並ぶ者がないとまで称されておった。兄は、藩随一《ずいいち》の遣《つか》い手《て》とうたわれておった。無礼を承知で申しあげるならば、修行においては、決して貴殿に引けを取るとは思わぬ」

「……………」

衛悟は無言で聞いた。

「この差は、人を斬ったことがあるかどうかでござるな」

「いや……」

否定しようとした衛悟を、左膳が遮《さえぎ》った。

「ごまかされるな。それ以外に何があるというのだ。道場剣法はいわば、畳《たたみ》の上の水練でしかない。先日で、それが、よくわかった。拙者があの鬼や貴殿に勝つためには、人を斬ればいい」

左膳が断言した。

「何人斬ればいいのだ。貴殿は、何人殺した」

「……覚えておらぬ」

初めて人を斬ったときの悪寒は、衛悟を未だに苦しめている。己が怖《お》じ気《け》づけば、併右衛門が、瑞紀が傷つく。なればこそ押し殺しているが、決して忘れたわけではない。

「五人か、十人か、百人斬れば、拙者は鬼を倒せるのか」

興奮した左膳が衛悟に迫った。

「なにをしておる」

そこへ松平定信が併右衛門と共に出てきた。

「これは……殿」

正気に戻った左膳が膝《ひざ》をついた。

「屋敷を出るまで、客人である。客人への無礼は、余が許さぬぞ」

松平定信が叱《しか》った。

「申しわけございませぬ」

「どうぞ、お気になさらず。少し剣術談義に熱がはいっただけでございますれば」

衛悟は、手を振った。

「そう言ってくれるか」

渋面《じゅうめん》を解いて松平定信が、左膳へ命を発した。

「二人を、屋敷まで送れ」

「はっ」

左膳が頭を下げた。

「では、これにて。ご馳走になりましてございまする」

「ありがとうございました」

併右衛門と衛悟は、礼を述べると上屋敷を出た。

「屋敷を出るまで客人か。ふん、送り狼の土産付とはな」

小声で併右衛門が笑った。

「もっとも、こちらには獅子がついておる。狼など恐れるにはたらぬ」

「策かも知れませぬ」

警告を衛悟は発した。

「わかっている。あのような輩《やから》は表。裏の仕事はできまい」

併右衛門が言った。

夕餉をすませたせいもあり、すでに時刻は夜五つ半（午後九時ごろ）を過ぎていた。武家町である江戸城近くは、門限を過ぎていることもあって、人影もなかった。

提灯《ちようちん》を持った松平家の中間《ちゆうげん》、左膳、併右衛門、衛悟の順で歩いていた一行は、弾正《だんじよう》橋《ばし》、白魚橋《しらうおばし》を渡り、三十間堀《さんじつけんぼり》に沿って左へ曲がった。

不意に提灯が消えた。

「立花どの」

かろうじて衛悟が反応できた。

町屋の屋根から、併右衛門目がけて落ちてきた人影を、衛悟は身体《からだ》で迎え撃った。

太刀を抜く余裕はなかった。

「おう」

併右衛門にあたるはずだった影を、衛悟は弾《はじ》いた。

「な、なんだ」

物音で左膳がようやく気づいた。

「うっ」

まともに影と当たった衛悟は、体勢を崩した。

「衛悟」

声を掛けながら、併右衛門がすっと離れた。襲われたときに二人の間で示し合わせている行動であった。

「そこか」

併右衛門を目の隅に置きながら、周囲を見た衛悟は、堀端《ほりばた》にうずくまる影を見つけた。

「こやつ」

衛悟より左膳が早かった。太刀を抜き打ちに影を撃った。

「…………」

小さな動きで影がかわした。

「逃げるな」

左膳が追った。

「立花どの。腰を落とされよ。堀へ落とそうとしておりますぞ」

柄に手をかけながら、衛悟が警告を発した。

「わかった」

併右衛門が応じた。

「肩の骨はやられておらぬな」

背中に併右衛門をかばいながら、衛悟は太刀を鞘走《さやばし》らせた。

「忍《しのび》か」

目以外のすべてを隠した装束など、まず武家ではあり得ない。

「おそらく」

衛悟も同意した。

「おのれ、待て」

太刀を振り回しながら左膳が、影を捕まえようと必死になっていた。

「えいっ」

左膳が太刀を薙《な》いだ。腰ほどの高さで水平に来る太刀を、影が跳んでさけた。

「すさまじいな」

人とは思えぬ体術に併右衛門が目を剝《む》いた。

「ええ」

衛悟は、小さく首肯した。

「どうした」

影に集中していない衛悟に、併右衛門が問うた。

「失敗したわりには、長く居続けておりまする。なぜ、逃げ出さないのかと」

「ふむ」

衛悟の言葉に併右衛門がうなった。

「…………」

風切り音が衛悟を襲った。

「くっ」

いきなりのことに衛悟の対応がわずかに遅れた。かわせば併右衛門にあたりかねない。最初の一つを衛悟はわざと右肩で受けた。

「下がって」

衛悟は併右衛門を突き飛ばし、己も地に伏せた。

「ちっ」

執拗《しつよう》に手裏剣《しゆりけん》は衛悟を狙ってきた。

「なんとか……」

倒れる瞬間に衛悟は太刀を手放していた。己の太刀で自らを傷つける愚を避けたのと、右肩の傷で太刀を満足に遣《つか》えないと判断したからであった。

「あそこか」

民家の屋根の上を衛悟は見上げた。

いくら闇とはいえ、続けて手裏剣が飛んでくるのだ、相手の位置はおおむねつかめた。衛悟は、民家の軒下へと転がった。

「なぜ儂《わし》を狙わぬ」

堀際《ほりぎわ》に植えられている柳の木を盾《たて》にしながら、併右衛門が自問していた。

「殺されたと明らかになっては困るからであろうな」

併右衛門の頭へ、声が降ってきた。

「なにっ」

驚愕《きょうがく》して見上げた併右衛門の先に、柳の木の幹へ軽々と立つ冥府防人がいた。

「安心せい。今日は殺さぬ。しかし、おもしろいな。越中の屋敷を見張っておれば、貴様らが出てきた。のう、立花」

冥府防人が笑いながら、併右衛門を見ろした。

「一度越中守とは決別したはずよな」

「どうしてそれを……」

併右衛門が息を呑んだ。

「あれだけはでにやり合ってくれたのだ、気づかぬはずはなかろう。お庭番が出てきたので、吾《われ》は手出ししなかったが、越中守は本気でききさまを殺しにかかっていたはず。もっとも、あのていどの輩をいくら集めても、あいつの壁はこえられぬが」

目を衛悟へと冥府防人が動かした。

「それにしても油断よなあ。手裏剣を喰《く》らうなど。毒でも塗ってあれば、もう終わっているぞ」

大きく冥府防人が嘆息した。

「あちらは、できの悪いのをからかっておるだけだしの」

左膳と最初の忍の戦いはまったく進展していない。

「殺されたと明らかになっては困ると申したな」

「なんだ。わかっておらぬのか。きさまは御膳番と同じ末路をとらされることになったのだ。伊賀者にちょっかいを出したのだろ」

あきれた口調で冥府防人が告げた。

「役付旗本が死ねば、目付の検死があろう。そこで、斬り殺されていたりしてみろ、当然、目付が騒ぐ。探索が始まるのを止めることはできぬ。そこできさまが、伊賀のことを調べていたとなれば……」

「なるほど。それで衛悟に対しては遠慮がないのか。当主でない者の死に検死はおこなわれない」

併右衛門が納得した。

「ああ。それに柊の家でも、当主の弟が斬り殺されたなどと騒ぐことはないからな。それこそ痛くもない腹を探られて、よくてお役御免《ごめん》のうえで謹《つつし》み。下手すれば、改易だからな」

冥府防人が続けた。

「そろそろ助けてやってはどうだ」

「どうやって」

言われた併右衛門が驚いた。

筆を持たせれば無敵の併右衛門だが、剣術など習ったことさえないのだ。助勢するどころか、足手まといになるのが精一杯であった。

「歳を食っているわりには、頭が回らぬな。毎日の写経で呆《ほう》けたか」

馬鹿にしたように冥府防人がののしった。

「なにっ」

併右衛門が怒った。

「忍にとって、なにが嫌なのかを考えろ」

小さく柳を揺らして、冥府防人が跳んだ。

「もう一つ、御膳番の末路を忘れるな」

三十間堀にもやってあった小舟に降り立った冥府防人が、ゆっくりと離れていった。

「これは貸しだ、奥右筆。いずれ返してもらうぞ」

言い残して、冥府防人が去っていった。

「忍のもっとも嫌がるもの……人の目か」

繰り返した併右衛門が、目を大きく開いた。

「火事だ、火事だぞ」

併右衛門が大声をあげた。

泥棒だ、人殺しだと騒いでも、かかわりを恐れた他人が出てくることはない。だが、火事となれば、話は別であった。家にいては焼け死ぬかも知れないのだ、外へ出てこないわけにはいかなかった。

「火事だって」

「どこだ」

たちまち民家から人声がしだした。

「ちっ」

左膳をからかっていた忍が小さく舌打ちをし、短く口笛を吹いた。そのままためらうことなく三十間堀へと身を躍らせた。

「…………」

仲間が逃げるのを見ていた忍が、衛悟へ一瞥《いちべつ》をくれると、屋根の向こうへと身を躍らせた。

「待て」

左膳が堀際に沿って走ったが、すぐに忍の姿は黒い水のなかで見えなくなった。

「助かりましてございまする」

右肩を押さえながら衛悟が、併右衛門へ頭を下げた。

「軒下へ入ったおかげで、手裏剣を喰《く》らわなくなったのですが、屋根の上へあがる隙《すき》を突かれてはと、なにもできずに終わってしまいました」

衛悟がほぞを噛《か》んだ。

「予測していなければなりませんでした」

未熟を恥じながら、衛悟は右肩に突き刺さったままの手裏剣を引き抜いた。

「……くっ」

「大丈夫か」

併右衛門が気遣《きづか》った。

「骨にはあたっておりませぬゆえ、すぐに治るかと」

あふれ出した血を衛悟は懐紙で抑えた。

「鉄の棒だな」

間近で手裏剣を見た併右衛門が目を剝いた。

「骨にあたっていれば、折れましょう。さすがにそうなれば、少なくとも一ヵ月ほど、わたくしは警固《けいご》から外れざるを得ませぬ」

落とした太刀を拾い上げ、鞘へ戻しながら衛悟は告げた。

「それは困る」

併右衛門が慌《あわ》てた。

「ご懸念あるな」

そこへ左膳が歩み寄って来た。

「わたくしが、警固を請け負いましょう」

左膳が言った。

「忍を立花どのへ近づけることなく、あしらってみせました。いや、意外と忍というのもたいしたものではございませぬな」

「…………」

啞然《あぜん》とした顔で、併右衛門が衛悟を見た。

「…………」

衛悟も無言で見返した。

「火事はどこだ」

「どこにもないじゃないか」

「いたずらなら、ただじゃおかねえ」

出てきた町人たちが、なにもないことに腹を立て始めた。

「お武家さま……ひっ」

近づいてきた町人が、左膳の手に白刃があるのに気づいた。

「横島どの、太刀を納められよ」

併右衛門が指摘した。

「こ、これは気づかぬことを」

あわてて左膳が太刀を鞘に突っこんだ。

「戻ろう。これ以上遅くなると瑞紀が心配する」

騒いでいる町人たちから背を向けて、併右衛門が促した。

「はい」

肩を押さえながら、衛悟もしたがった。

「いや、真剣の戦いというのも、やってみればたいしたことはござらぬな。日頃の稽《けい》古《こ》となんら変わることはない」

上屋敷で衛悟に迫ったときとは打って変わって明るく、左膳がしゃべった。

「儂を事故に見せかけて殺すつもりだったようだ。冥府防人が申していたわ」

はしゃいでいる左膳を無視して、併右衛門が語った。

「えっ。あやつがあそこに」

まったく気づいていなかった衛悟は、驚愕した。

「いろいろ話をしていってくれたわ。敵なのか味方なのか、よくわからぬ。あいつは」

併右衛門が首を振った。

「敵には違いありませぬ。最初に立花どのを襲いました」

「ああ。だが、此度《こたび》は大きな手助けをしてくれた」

「さきほどですか」

衛悟は首をかしげた。

「あの忍どもの意図を教えてくれた。あやつらは、儂を殺したと見せかけず死なせようとしておる。堀へ突き落とそうとしたのもそれだ。突き落とすときに当て身を喰らわせておけば、溺死《できし》するのは確実だ。足を踏み外したか、酔っての落下か、どちらにせよ、目付の検死をうけたところで、問題はない」

「たしかに」

併右衛門を殺すつもりだったら、最初の一撃で決められていた。衛悟が太刀を抜く間さえなかったのだ。刃物を使われていたら、と考えて衛悟はぞっとした。

「ここで結構でござる」

屋敷の前で、併右衛門は左膳を帰した。

「では、御免」

先夜と違い、堂々と左膳が去っていった。

「わかりやすいな」

併右衛門があきれた。

「剣術遣《づか》いとは、あのようなものでございまする。強いかどうか、それがなによりの基準でございますれば」

衛悟も苦笑した。

「わたくしもここで」

すでに夕餉もすませてある。このまま実家に帰ると衛悟は言った。

「まだだ」

屋敷へ入らず、併右衛門が止めた。

# 三

武家の夜具は、綿入れの褞袍《どてら》に近い。両腕を通す大きな袖《そで》を持つ衣服を、前から着るような形で羽織《はお》る。

背中には薄い敷き布が一枚あるだけで、分厚い敷き布団などはまず使わなかった。常在戦場、戦いは遠くなったが、心構えだけは絶えず忘れるなという武家の矜持《きょうじ》であった。

薄い夜具にくるまって、眠っていた併右衛門の居室の天井板が開き、音もなく忍が落ちてきた。

「…………」

無言で懐《ふところ》から一尺（約三十センチメートル）はあろうかという針を取り出し、忍が夜具の上から突き通した。

「……な」

忍が、思わず声を漏《も》らした。

「通るまい。針など」

夜具を蹴り飛ばして、姿を現したのは衛悟であった。

「狙う場所がわかっていれば、防ぐのは簡単だ」

衛悟は寝間着の下に潜《ひそ》ましていた薄い板を取り出した。

「ちっ……」

忍が、針を衛悟へ投げつけた。

「させるか」

衛悟は気にせず、夜具に持ちこんでいた脇差《わきざし》を抜き、斬りかかった。板にぶつかって先の曲がった針など、当たったところで傷一つ付くことはない。

「しゃ」

かすかな気合いを吐いて、忍が衛悟へ忍刀《しのびがたな》をぶつけてきた。

「ふん」

左腕だけで支えた脇差を合わせて、衛悟は一撃を受けた。

「はっ」

ぶつかった勢いを利用して後ろへ跳んだ忍が、体当たりで襖《ふすま》と雨戸を破り、庭へ飛び出した。

「逃げるか」

衛悟も走ったが、忍の勢いを止めるため、体重を踵《かかと》にかけていたぶん、出遅れた。

「おのれ」

裸足《はだし》で庭へ降りた衛悟は、目の前の光景に息を呑んだ。

庭に血を撒《ま》いて、忍が死んでいた。

「あなたは」

忍の隣で血刀を持っている人物に、衛悟は見覚えがあった。

「お庭番の」

黙ってうなずいた村垣源内《むらがきげんない》が、血刀を拭《ぬぐ》った。

「終わったか」

併右衛門も庭へ出てきた。

「またお助けいただいたか」

村垣源内に、併右衛門は気づいた。

「かたじけないが……この者は」

「しばし」

言いかけた併右衛門を村垣源内が止めた。

「去ったか」

村垣源内が息を吐《は》いた。

「なんだったのでございまするか」

衛悟が問うた。

「忍には、かならず見届け役がつく。使命の成否、敵の腕技などを確認し、組頭へ報告する者が」

「それがいたと」

「いかにも」

併右衛門の質問に、村垣源内が首肯した。

「どこに」

あわてて併右衛門が周囲を見回した。

「もう逃げた。ところで」

「なんでござろうか」

村垣源内へ併右衛門は顔を向けた。

「こやつの使った針をもらうぞ。他流の遣う死に針、このようなことでもない限り手に入らぬ」

「よろしゅうござるが……衛悟」

首肯した併右衛門が、衛悟に命じた。

「ただちに」

部屋へあがった衛悟が、落ちていた針を拾い上げて、ふたたび庭へ出た。

「先が曲がっておりまするが」

「けっこうだ。では、これで」

村垣源内が去っていった。

「すべてを知っていて、針を遣わせるために、侵入を見逃したか」

お庭番の冷たさに併右衛門が震えた。

「わたくしで防ぎきれると信じてくれた。そう考えましょうぞ。でなければ……」

あまりに寂しいと衛悟は述べた。

「しかし、立花どのの言われたとおりでござった」

ようやく衛悟は肩の力を抜いた。

「あのような細い針で心の臓を突かれれば、跡も残らぬ。急病死としか見えぬ」

小さく併右衛門が首を振った。

「ご苦労だったな。今宵は、このまま休んでいけ」

「念のため、前まで見張りを」

衛悟はうなずいた。

「衛悟さま……」

寝間着のうえに一枚羽織《はお》った瑞紀が、縁側から厳しい目で睨《にら》んでいるのを衛悟は無視した。

「怒らせたな」

併右衛門が嘆息した。

忍へ対抗するため、併右衛門の身代わりを衛悟がすると知った、瑞紀の怒りは、すさまじかった。

「なぜ人を呼ばれませぬ。お目付《めつけ》さまなりのお出張りを願うべきでございまする。お父さまや衛悟さまが危ないまねをされる理由はございませぬ」

涙を流して抗議する瑞紀を、最後は併右衛門が叱《しか》りつけ、ようやく収めたのだ。

「さっさと寝たほうが、よさそうだ。あれの母も怒り出すと手に負えなかったわ」

早く行けと、併右衛門が手を振った。

肩の怪我《けが》は思ったよりも軽かったが、やはり太刀は満足に振れなかった。少し早めに道場へ着いた衛悟は、一人片手で竹刀《しない》を操《あやつ》ってみた。

「筋が安定せぬ」

数十回繰り返したところで、衛悟は竹刀を置いた。

「こう刃筋がぶれては、斬れぬ」

鋭利な日本刀でも、刃の角度次第では斬れずに滑ったり、ひっかかったりする。命のやりとりで、これは致命傷となった。

「傷を負ったか」

いつの間にか大久保典膳が、道場へ出てきていた。

「師」

「右肩か。上げてみろ」

言われて衛悟は、右手でゆっくり天を指した。引きつるような痛みを感じた。衛悟は頰《ほお》をゆがめた。

「骨は無事だな」

「はい」

一目で大久保典膳が見抜いた。

「なあ、衛悟」

大久保典膳が、穏やかな声で語りかけた。

「立花どのの警固を辞められぬか」

「………」

衛悟は答えられなかった。

「いつか、おぬしが死ぬことになるぞ」

弟子の身を大久保典膳が気遣った。

「立花どののほどは出せぬが、食べていけるだけの給金を出そう。養子先の紹介が目的ならば、どうだ、この道場を譲ってもよい」

「……師よ」

あまりの厚遇に衛悟は息を呑んだ。

「儂には跡を継がすべき子がおらぬ。たしかに縁者は里におるが、今はもう音信も途絶えた。いわば天涯孤独よ。おぬしさえよければ、この道場を受け継いで、涼天覚清《りょうてんかくしん》流《りゅう》を後世へ伝えてくれぬか」

大久保典膳の申し出は、衛悟にとって夢のような話であった。

「かたじけないお言葉でございまする」

心から衛悟は頭を下げた。

「一年前ならば、欣喜《きんき》してお受けいたしたでございましょう。ですが、今ではお受けできませぬ」

「やはりか」

残念そうに大久保典膳が言った。

「はい。金をもらって立花どのの警固をしているのは確かでございまする。ですが、それ以上にかかわりが深くなってしまいました。そう、ちょうどわたくしと上田聖のようなもの。ともに競い、悩み、そして手を取り合ってきたのでございまする。今更《いまさら》逃げる……正しい表わし方とは思えませぬが、そう言うしかないので、そう申します る。逃げ出すわけにはいきませぬ。もし、逃げてしまえば、わたくしは、己を終生許せますまい」

はっきりと衛悟は口にした。

「逃げられぬか」

大きく大久保典膳が嘆息した。

「今どきの旗本どもに聞かせたいな」

さっぱりとした顔で大久保典膳が笑った。

「振られたか。まあ、このような貧乏道場では、しかたないな」

「申しわけもございませぬ」

「よい」

小さくうなずいた大久保典膳が、ふたたび真剣なまなざしで見つめた。

「肚《はら》を決めたならば、生き残る算段をせねばならぬ」

「はい」

「竹刀を持て」

「稽古をつけてくださいますので」

衛悟は喜んだ。

師範代になってから、衛悟は弟弟子たちの稽古に追われ、己の鍛錬ができなくなっていた。

「片手撃ちのやり方を教えてやる。これは我が流派のものではない。儂が修業中に会得したもの。決して、他の者に伝えてはならぬぞ」

「承知いたしましてございまする」

大久保典膳の注意に、衛悟は同意した。

「構えよ」

言われて衛悟は左手だけで竹刀を青眼《せいがん》にした。

「それではいかぬのだ。いつものように左手で柄元を握れば、竹刀の重さが手の小指にかかりすぎる。疲れやすいうえ、小指につながっている筋が、竹刀を上向きに支えるために緊張する。また、手首も折れまいとして力が入る。手首に力が入れば、型は堅くなり、出も遅くなる」

衛悟の左手を触りながら、大久保典膳が説明した。

「よいか。戦いの最中、咄嗟《とっさ》に出る片手薙《な》ぎとまったく別なのだ。最初から片手で行くのはな。まず持つところは、鐔元《つばもと》よ」

大久保典膳がやって見せた。

「なるほど」

竹刀の重さがかなり違うことに、衛悟は驚いた。

「もう一度構えてみろ」

大久保典膳に言われて、衛悟は青眼にとった。

「かなりかわったはずだ。だが、それだけでどうにかなるものではない。剣の心得がない者や、浅い輩ならばこれであしらえるだろうが、少し遣える者にあたれば、勝てぬ」

「はい」

衛悟はうなずいた。

「片手はそのために何十年と身体を作って来たならいざ知らず、付け焼き刃で遣うならば、一気に勝負を決めねばならぬ。太刀は重い。両手で支えても辛《つら》いのだ。片手では、ほんの少ししか筋がもたぬ。よって最初の構えから変えることになる」

語った大久保典膳が竹刀をまっすぐ天に突き刺すように構えた。

「こんな構えが……」

見た衛悟は息を呑んだ。

「青眼は攻守に応じたいい形だ。だが、どちらかと言えば、守りだ。どのような攻撃が来ても、青眼からならば、潤滑に対応できる。上下左右どれにでも、太刀をわずかに動かすだけですむ。だが、攻撃に出るのには、太刀を振りかぶるか、わきに退くか、下段に垂らすかの一挙動が要《い》る。それだけ切っ先の出が遅くなる。一気に勝負を決めるためには、一撃必殺でなければならぬ。何合も撃ち合う余裕はこちらにないのだからな」

「それはわかりまするが……」

説明に衛悟は口ごもった。

「胴ががら空きだろう」

笑いながら大久保典膳が言った。

「それでいいのだ」

大久保典膳が言い切った。

「先ほども言ったな。勝負が長引けば、不利だと。守りをしている余裕はこちらにないのだ。守りを捨て攻撃にかける。それと、胴をあけることで、敵の狙いを固定するのだ」

「固定でございまするか」

「そうだ。この構えで胴以外にどこを狙う。頭と首は、天に構えた剣で防げる。左の小手は、頭の上にあるから遠く、右は使っていないのだから、撃つ意味がない。襲うとしたら、右首から入る袈裟《けさ》か、胴を薙ぎに来るか。あとは下段からすくいあげるかしかない。だが、下段は構えを大きく変えねばならぬ。一足一刀の間合いになってから、そのようなまねをすれば、隙を作るだけだ」

「たしかに」

衛悟は感心した。

「あとは肚の問題だけよ。相手の切っ先を恐れず、真っ向から突っこんでいくだけのな。それができれば、片手のほうが、間合いが遠い。左肩を入れることで三寸（約九センチメートル）剣が伸びる。三寸は大きい」

「三寸あれば、十分見切れまする」

見切りとは、相手の太刀がどこをどう通るかを判断できる能力のことである。切っ先が届くか届かないかを瞬時に判断できれば、敵の剣をぎりぎりでかわしながら撃ちこむ後の先をとれた。一閃《いっせん》をかわされた体勢の崩れを狙われれば、名人上手といえども、避けることは難しい。

「もともと涼天覚清流は、一撃必殺を旨《むね》としている。意だけをいえば、片手剣はもっとも極意に沿ったものなのだ」

大久保典膳が続けた。

「だがな、まちがえてはいかぬ。涼天覚清流の雷《いかずち》のつもりで撃ってはならぬ。片手薙ぎで、人の頭は割れぬ。よくて削《そ》ぐだけ、下手すれば丸みで滑って無傷」

「…………」

無言でうなずきながら、衛悟は愕然《がくぜん》としていた。子供のときから涼天覚清流一筋に修行してきたのだ。身体が涼天覚清流の技を覚えこんでいる。いや、染みついてしまっていた。真剣勝負などは、咄嗟の反応で勝敗が決まる。反応とは、長年積み重ねてきた動きのことである。それを捨てなければ片手では戦えないと告げられたに等しい。

「難しいであろう」

「はい」

「だから余人に教えるなと言った。修行のできておらぬ者に伝えると、根本たる涼天覚清流さえ遣えなくなるからな」

吐息をつきながら、大久保典膳が述べた。

「袈裟掛けだけじゃ、遣えるのは。天を指す構えの位置からでは突きも出せぬ。ただ、一筋に首を狙え。首の血脈を斬る。それだけを考えろ」

「かたじけのうございまする」

深く衛悟は頭を下げた。

「付け焼き刃でもないよりましだ。竹刀を振れ。当座、弟子の面倒は儂が見る。そなたは、道場裏で素振りだけに専念せい」

「はい」

衛悟は太刀を手に道場裏手へ回った。

## 四

道場の裏手には、十坪ほどの小さな庭があった。庭といっても、そのほとんどが菜園になっていた。大久保典膳が、自らの手で菜や大根などを栽培しているのだ。庭を造って、季節ごとに楽しむなど、武家でも相当裕福でないとしない。柊の家はもちろん、立花でさえ、庭とは畑のことであった。

「ふむ」

足を開いて、衛悟は苦笑した。

「左手だけで太刀は抜けぬ」

鯉口《こいぐち》を切るのが精一杯で、抜き放つには刃渡りがありすぎ、鞘から全部出ない。

「鞘を後ろへ引かねばならぬが、右手を使わぬとなれば、無理だな」

少し考えて、衛悟は右手で太刀を鞘走らせた。

「抜けるが、やはり痛い。なにより、遅い」

太刀をもう一度鞘へ戻した衛悟は、脇差の柄へ左手をあてた。

「ぬん」

なんの支障もなく脇差は、抜けた。

「三寸（約九センチメートル）の有利はなくなるが、脇差で戦うしかないか」

太刀と脇差の長さの差は大きい。太刀が二尺（約六十一センチメートル）以上あるのに対し、脇差は、一尺八寸（約五十五センチメートル）未満しかない。ここですでに二寸（約六センチメートル）の差があり、太刀のなかには二尺七寸（約八十二センチメートル）のものもあることを考えれば、その差は三寸どころですまなかった。

「だが、抜けぬよりはまし。届かぬならば、それだけ踏みこめばいい。一尺（約三十センチメートル）足らぬならば、一尺一寸足を出せばすむ」

衛悟は寸の短さを足捌《あしさば》きで埋めると決め、脇差を天に構えた。

「重い……」

左手一本で脇差を構えるつらさに、衛悟は思わず声を漏らした。

「これはときをかけておられぬ」

衛悟は大久保典膳の言葉の真実を感じた。

「袈裟か」

数回、衛悟は右袈裟、左袈裟を遣ってみた。

「ううむ。右袈裟は、己の頭が邪魔になって深く、対して左袈裟は脇が空き、浅い」

衛悟はもう一度繰り返した。

「腰のひねりを加えれば右袈裟はどうにかなるが、左袈裟は、身体の外へと切っ先を出すことになるだけに、足腰でどうにかなるものではないな」

基本の型に戻って、衛悟は嘆息した。

「これでは、実質右袈裟しかないぞ。手の内を読まれれば、終わりだ」

衛悟はうなった。

「相手が一人ならばまだいい。数名に囲まれれば……」

三人を想定して衛悟は、脇差を振った。

「倒せて二人だな。三人目へ身体を向き直す前に、背中を割られる」

衛悟は嘆息した。

「どうする」

脇差を下ろして、衛悟は悩んだ。

「えいっ」

「やあ」

稽古が始まったらしく、道場から気合い声が聞こえてきた。

「…………」

納刀した衛悟は、庭から道場を覗《のぞ》いた。

数人の弟子を大久保典膳が、同時に教えていた。

「須崎《すざき》、踏みこみが甘い。相手に切っ先が届かねば意味がないぞ」

大久保典膳が中年の弟子を指導した。

「田川《たがわ》は、腕が締まっておらぬ。それでは、叩《たた》かれただけで竹刀を落とすことになるぞ」

若い弟子にも厳しい言葉が飛ぶ。

「次」

「はいっ」

代わる代わる弟子たちが大久保典膳へと挑んでいく。そのすべてを大久保典膳はあしらい、一言ずつとはいえ教えていた。

「あれは……」

なにげなく稽古を見ていた衛悟は、大久保典膳が、ほとんど動いていないことに気づいた。

弟子たちは、一列に並び、順番が来ると竹刀で斬りかかっていく。体軀《たいく》も違う、修行の長さも異なる者が撃ち出す竹刀は、一つとして同じものはない。それを大久保典膳は軽くあしらうのだ。

「あの逆を考えればいいのだ」

衛悟は窓から離れ、庭へ戻ると脇差を抜いた。

「えいっ」

一歩踏み出し正面を斬った後、衛悟は身体を回して、次の敵へと撃って出た。

「そうか。多人数といえども、一対一の戦いの延長、連続でしかない。要は一対一へ持ちこめばいいのだ。こんなことも忘れていたか」

衛悟は己の焦《あせ》りに笑った。

「足の運びだ。腕ではない。足だ」

裸足で庭土を踏みながら、衛悟は左右前後へと身体を動かした。

「足の親指の付け根。ここが肝心だな」

衛悟は、踏みこみを繰り返した。

「踵へ重心が移れば、動きが一瞬遅くなる。ときとの戦いでもある片手剣は、引いてはならぬのだ。絶えず前へ出て、固まらぬこと」

噛《か》みしめるように繰り返し、衛悟は足を使った。

「今日はここまでか」

昼餉《ひるげ》を摂《と》ることも忘れて、衛悟は夕刻近くまで鍛錬した。

「ようやく終わったか。とうに皆は帰ったぞ」

庭に面した縁側へ、大久保典膳が出てきた。

「これは、夢中になりすぎましてございまする」

衛悟は詫《わ》びた。

道場での稽古は午前中が基本であった。昼からの稽古は、勤番で朝来られない者か、よほどの剣術好きでもなければなく、道場は静かになる。

「腹が減ったであろう。食え」

大久保典膳が、大きなにぎり飯を二つ、差し出した。

「畏《おそ》れ入りまする」

「あらたに炊《た》いたわけではない。朝の残りだ。これしかないぞ。よく噛んで食え」

「ありがたく」

衛悟はにぎり飯を押し頂いてから、食べ始めた。

「わかったか」

「はい」

師の言葉に衛悟は首肯した。

「剣というのは、一対一で戦うようにできている。槍や長刀のように、振り回すことを念頭に置いていない」

「…………」

ゆっくり咀嚼《そしやく》しながら衛悟はうなずいた。

「宮本武蔵《みやもとむさし》の洛外下松《さがりまつ》の戦いを知っておるか」

「……ざっとでございまするが」

口のなかのものを飲みこんでから衛悟は首肯した。

「結構だ。儂も見ていたわけではない」

大久保典膳が小さく笑った。

「京の兵法家吉岡《よしおか》一門と戦うことになった武蔵は、たった一人で前夜から決闘場所に潜んでいた。刻限となり、吉岡一門が集まると、武蔵はまず敵の盟主であった吉岡又《また》七郎《しちろう》を斬ると、一気に駆け逃げた。あわてて追いかける吉岡一門の足は当然、乱れる。足の速い者、遅い者、意気軒昂《いきけんこう》な者、臆病《おくびょう》な者。一門といっても思惑も違えば身体も異なる。どうしても武蔵に近づくときには数がまとまらず、ばらけてしまう。そこを武蔵は逆襲した。数で一気に押し切られれば、いかに名手武蔵といえども、勝てない。だが、百でも散らしてしまえば、一の集まりでしかなくなる。こうやって、武蔵は多勢を相手に勝った」

「はい」

「もちろん、この話は、作り話だという噂もある。実際は違うという人も多い。そんなことはどうでもいいのだ。我らにとって重要なのは、戦いかたなのだ。この話が真実であれ、偽《いつわ》りであれ、そこに剣術遣いの学ぶべきものがあるかぎり、伝えていくべきである」

力強く大久保典膳が言った。

「わかりましてございまする」

にぎり飯を食い終えて、衛悟は頭を下げた。

「よし。帰れ」

大久保典膳が手を振った。

「では、これにて」

背を向けた衛悟へ、大久保典膳が声をかけた。

「死ぬな。どれほどみっともない醜態をさらしてもいい。生き残れ」

「はい」

衛悟は首肯した。

去っていく衛悟の姿が見えなくなった。

「儂はおまえに、生き残るすべを教えてきたつもりだ。死に方を教えた覚えはない。誰を犠牲にしてもいい。おまえは生きよ」

大久保典膳が、表だって口にできない思いをつぶやいた。

お広敷伊賀者詰め所で、藤林喜右衛門が苦い顔をした。

「鋳蔵が死んだか」

「申しわけございませぬ」

八田庫助が頭を下げた。

「おぬしの落ち度ではない。見届けの役目は立派に果たした」

藤林が首を振った。

「失敗は鋳蔵が身代わりに気づかなかったことにある」

「…………」

ようやく八田が顔をあげた。

「その前に、堀へ突き落とせなかったのもな」

「はっ」

じろりと睨《にら》まれて、八田がふたたび板の間へ額を押しつけた。

「忍の任に失敗はつきものだ。その経験が次の勝ちになる。なればこそ、仲間を見捨ててでも逃げ帰ることを伊賀は課している」

静かに藤林が述べた。

「お庭番が奥右筆に付いていた。それがわかっただけでも鋳蔵の死は意味のあるものとなった」

「といっていただけると鋳蔵も浮かばれましょう」

八田がうなずいた。

「お庭番め、いつまでも目障《めざわ》りな」

藤林がののしった。

「たかが根来修験《ねごろしゆげん》の末裔《まつえい》でしかないくせに。忍の王道である伊賀に取って代わろうなど厚かましいにもほどがある。伊賀は聖徳太子のころから忍の里として続いてきたのだ。戦国のあおりを受けて生まれた雨後の竹の子流とは違う」

伊賀忍者の先祖は、聖徳太子に仕えていた志能便《しのび》であるとされていた。伊賀に根付いた志能便の子孫たちが分裂し、各地に散った結果、戸隠流《とがくしりゆう》、甲賀流《こうがりゆう》の祖となったと伝えられている。いわば、伊賀にとって日本中の忍は、分家であった。

「はい」

誇らしげに八田も同意した。

「将軍に仕えだしてまだ四代。歴史の浅いお庭番など、将軍が紀州の血筋から代われば、本来の庭掃除に戻されるは必定《ひつじよう》。我らがふたたび幕府の隠密となるために、お庭番を除かねばならぬ」

「…………」

無言で八田もうなずいた。

「お庭番の誇りを潰してくれよう。八田、奥右筆組頭立花併右衛門を殺せ」

暗い笑いを藤林が浮かべた。

「今までの通りでよろしゅうございましょうや」

「……二度とも、立花の警固をしている柊衛悟によって初手を防がれたのだな」

「さようで」

「ならば、柊のおらぬときを狙え」

藤林が告げた。

「言わずともわかっておろうが、手を下したのが我らだとわからぬようにな」

強く藤林が念を押した。

「承知」

八田が受けた。

一橋民部卿治済《みんぶきょうはるさだ》は、絹を組み敷きながら、冥府防人と話していた。

「奥右筆を伊賀者が襲ったか」

「八丁堀からの帰りでございまする」

冥府防人は、治済の下であえいでいる妹の痴態を気にもせず、語った。

「越中が伊賀者を遣ったとは考えられぬな。露骨すぎる」

「はい」

治済の推察に冥府防人は同意を示した。

「伊賀者は御用部屋の隠密と言われているが……」

お庭番が将軍の直命を受けるようになってから、伊賀者は御用部屋の探索方として使われていた。

「今はお庭番がございますので、御用部屋から新たに隠密を出すことはございませぬ」

冥府防人が否定した。

「それもそうだの。独自に隠密を出していると知れれば、上様から反逆の意図有りと見られても言いわけはできぬからの。そこまでわかったうえで、隠密を出す肚のある執政は、もうおらぬ。思えば田沼主殿頭《とのものかみ》が、最後の執政らしい執政であった」

大きく腰を動かしながら、治済が述べた。

「ご、御前さま……」

組み敷かれた絹が、つらそうな声をあげ、眉《まゆ》をひそめた。

「清濁併《あわ》せ飲むとよく申すが、この国を動かす執政ともなれば、清など気にしていてはやっておられぬ。政の闇という毒をどれだけ飲み干せるかが執政の価値を決める。その点で言えば、田沼主殿頭は、古今まれに見る人物であった。清を求めただけでなく他人にまでそれを強要した越中などとは器が違う」

治済が語った。

「その越中だ。とても伊賀者を使って奥右筆を殺させるような暗いまねはできまい。あやつならばせいぜい藩の遣い手を繰り出して、正々堂々と勝負させることくらいだろう。それでは、奥右筆の盾を破れぬ」

「仰《おお》せのとおりでございまする」

腰を曲げて、冥府防人がうなずいた。

「鬼よ。伊賀者が奥右筆を襲った。それも越中の屋敷からの帰りにだ。なにがあったと考える」

「越中守より奥右筆へ出た命《めい》が、伊賀者にとって都合の悪いものであった……」

問われた冥府防人が答えた。

「であろうな」

深く絹を貫きながら、治済がしばし言葉を止めた。

「……お情けを」

絹がせつなそうに身体をくねらせた。

「行くぞ、絹」

ひときわ大きく治済が動き、絹がしがみついた。

「……ああ」

絹がひときわ強くあえいだ。

「…………」

治済が絹の上から降りて、仰向けになった。

「ご無礼を」

荒い息のまま、絹が治済の後始末を始めた。

「鬼、伊賀者が調べられて都合の悪いことと言えばなんじゃ」

「多すぎまして、すべてを申しあげるのはいささか」

冥府防人が首を振った。

「伊賀の存亡にかかわるとなれば、どうじゃ」

「存亡にかかわるとなれば、家斉さまへ毒を盛ったことでございましょうか」

治済の限定を受けて、冥府防人が告げた。

「そのていどのことか」

長男を毒殺されかけたというのに、治済は反応しなかった。

「しかも失敗したわけだ。家斉は未だ健在だからな」

「仰せの通りでございまする」

「一度だけか」

「いいえ。毒が二度、女刺客を一度、合わせて三度。もっとも知る限りでございますが」

問いに冥府防人が答えた。

「三度もか……笑わせてくれるな。伊賀はふぬけか」

治済が嘲《あざけ》った。

「やはり将軍の命を狙うのは難しいとの証《あかし》ではございませぬか」

「おまえは、たった一度で家基の命を取ったではないか」

冥府防人の言葉を、治済が否定した。

「まあいい。で、いつの話だ」

「六年前、五年前ではないかと。伊賀者を見張っていたわけではございませぬので、正確とは……」

「時期に意味はあるのか」

治済が続けて訊いた。

「そこまでは」

「ふむ。では、なぜ家斉が狙われたとわかったのだ」

疑問を治済が呈した。

「お庭番でございまする。お庭番の雰囲気が一気にかわりましたゆえ」

「なるほどな。お庭番にしてみれば、手ぬかりもよいところだからな」

治済が納得した。

八代将軍吉宗が創設したお庭番は、もともと藩主が戦《いくさ》に出るときの側で、鉄砲の玉を装塡《そうてん》する玉込め役であった。藩主が撃つ鉄砲の準備とは表向き、そのじつは、戦場でもっとも近くに控えることから、警固こそ本当の任であった。お庭番は、江戸へ出て探索方となったが、将軍の身を護る盾としての役目は続いていた。

「伊賀へ報復はしなかったのか、お庭番は」

「できなかったというのが、真実《まこと》でございましょう。伊賀の仕事でございまする。証拠を残すほどまぬけてはおりますまい」

冥府防人が述べた。

「祖父吉宗ならば、証拠がなくとも伊賀を咎《とが》めたであろうが、家治、家斉は甘い。このていどなら伊賀への手出しはさせないか」

「はい」

「お館さま、下帯を」

機をうかがっていた絹が口を挟《はさ》んだ。

「うむ」

立ちあがった治済へ、絹が下帯を穿《は》かせた。

「伊賀には反乱の過去がございまする。鎮圧するに四組の大番組《おおばんぐみ》が出動して数ヵ月かかったとか」

「その再現を恐れたか」

絹の話に治済が笑った。

「たかが同心ていどに乱をおこされて、おたおたするような幕閣とは、情けないことだ」

「お館さま。伊賀者の実力、いまだ衰えておりませぬ」

「そういえば、江戸城内で出会ったと申しておったな」

治済が、冥府防人の報告を思い出した。

「およそ二百名近い伊賀者が、そろって反乱すれば、いまどきの旗本では何千人動員したところで、抑えられませぬ」

「甲賀者を使っても駄目か」

「あいにく、甲賀は先日組内でもめ事を起こし、一枚岩ではございませぬ」

もと甲賀者組頭望月家の跡取りであった小弥太こと冥府防人を、始末しようとした甲賀組頭大野《おおの》軍兵衛《ぐんべえ》は配下の多くを返り討ちで失い、とうとう組内で粛清《しゅくせい》されてしまった。伊賀には技で劣るものの、結束の強さでまさっていた甲賀組は、組内の争いによって、その力の源をなくしていた。

「お庭番では数が足らぬか」

「二十家ほどでは、どれほどの手練《てだ》れであろうとも、十倍の敵の相手はできませぬ」

冥府防人が首を振った。

「そうか。伊賀はそれで強気なのだな」

「おそらく」

治済の言葉に冥府防人がうなずいた。

「使えるか。伊賀も。鬼よ、奥右筆組頭を見張れ。伊賀者の弱みを奥右筆が見つけたならば、奪え」

「承知つかまつりましてございまする」

命を受けた冥府防人が平伏した。

# 第五章　公武一体

## 一

義父松平定邦《さだくに》の祥月命日《しょうつきめいにち》である七日、松平越中守《えっちゅうのかみ》定信はいつものように上屋敷へ菩提寺《ぼだいじ》である霊巌寺《れいがんじ》の僧侶を招き、法要を営んでいた。

「南無阿弥陀仏《なむあみだぶつ》、南無阿弥陀仏」

半刻《はんとき》（約一時間）に及んだ読経が終わった。

「かたじけのうございました。亡父も導師どのがお経を聞き、満足いたしておりましよう」

上屋敷の仏間で、松平定信が僧侶に礼を述べた。

「いやいや。拙僧《せっそう》の念仏などより、越中守さまの孝心こそ、仏となられた定邦さまの霊をなぐさめておられまする」

老年の僧侶が合掌《がっしょう》した。

「ところで、初めてお目にかかるようだが、貴僧とは」

「さようでございまする。と言いましても、拙僧は越中守さまのことをよく存じあげておりまするが」

僧侶が笑った。

「…………」

松平定信の顔つきが変わった。

「そうそう。名乗りをあげておりませなんだな。愚僧は覚蟬《かくぜん》と申しまする」

飄々《ひょうひょう》とした表情で覚蟬が名乗った。

「霊巌寺の僧侶ではないな」

厳しい声で松平定信が詰問《きつもん》した。

「なにっ」

色めきたつ家臣たちを前に覚蟬は、ゆっくりと茶を喫した。

「所属などどこでも同じでございまする。坊主は坊主。死人の世話をする、ただの坊主でございますよ」

淡々と覚蟬が述べた。飄々とした覚蟬に、家臣たちは毒気を抜かれた。

「おいしいお茶でございまするな。久しぶりに長く経を読みましたので、いささか喉《のど》が渇きましてございまする。恐れいりまするがもう一杯馳走《ちそう》していただけませぬかな」

覚蟬がお代わりを求めた。

「ああ。ご懸念なく。この通り枯れ木のような老僧でございまする。とても越中守さまへ無体をしかけることなどできませぬ。越中守さまは、柔術の達人とうかがっておりまする」

手を振って覚蟬が害意はないと告げた。

「筆のお話をさせていただきたいだけで」

覚蟬が言った。

「……筆だと」

松平定信が、覚蟬の顔をあらためて見た。覚蟬は気にせず、空になった茶碗をもてあそんでいた。

「代わりをもて」

「しかし」

仏間の隅で控えていた藩士が、逡巡《しゅんじゅん》した。

「かまわぬ」

藩士へ松平定信が強く命じた。

「はっ」

主君に言われては、しかたない。家臣が仏間を出て行った。

「忠義なご家中でございますな。感嘆いたしました」

茶碗を置いて覚蟬が感服した。

「儂《わし》に仕えているのか、藩へなのかは、疑問だがな」

松平定信が苦笑した。

「そのようなことより、要件を申せ。内容によっては、生きてこの屋敷を出られると思うなよ」

口調を変えて松平定信が促した。

「頭を丸めた日より、死は吾《わ》が生涯の友となり申した。この世に未練がないわけではございませぬが、いつ野辺に骸《むくろ》をさらしても化けて出ることはありませぬ。ああ。一つだけ、霊巌寺へはおとがめをなされませぬよう。ちと断り切れぬ筋を利用して、無理を言わせてもらったのでござれば」

覚蟬が語った。

「そのようなことは、余が考える」

請いを松平定信はあっさりと無視した。

「やれやれ。お堅いお方じゃ」

苦笑して覚蟬は続けた。

「まず、わたくしの身分をはっきりとさせねばなりますまい。もと東叡山寛永寺《とうえいざんかんえいじ》が学僧、今は願人坊主《がんにんぼうず》の覚蟬でござる」

あらためて覚蟬が告げた。

「寛永寺だと……朝廷の使僧か」

「さすがでございまするな」

すぐに気づいた松平定信を、覚蟬が感心した。

「朝廷が、余に何のようだ。今更《いまさら》、典仁《すけひと》親王へ太上《だいじよう》天皇号をというのではなかろう」

松平定信が、覚蟬の賞賛を無視した。

太上天皇とは、上皇のことである。

今の光格《こうかく》天皇は、先代後桃園《ごももぞの》天皇に跡継ぎがいなかったことで、閑院宮家《かんいんのみやけ》から出て天皇位を継いだ。

寛政《かんせい》三年（一七九一）光格天皇は、父閑院宮典仁親王より息子の己《おのれ》が上になったことを気に病み、幕府へ父へ太上天皇の称号を許すように求めた。それを当時老中首座であった松平定信が、家康の制定した禁中 並 公家諸法度《きんちゅうならびにくげしょはっと》に違反するとして拒否した。

天皇の父の尊厳に傷をつけたと朝廷側は激怒し、幕府から出ていた家斉の父治済《はるさだ》へ大御所の称号をという願いを却下することで報復した。対して、幕府は天皇に近い中山愛親《なかやまなるちか》や正親町公明《おおぎまちきんあき》らの公家を処罰するなど、公武の間へ大きなひびを入れた大事件である。

これがもとで松平定信は老中の座を追われた。

ともに傷を負った形で事件は終息したが、松平定信と朝廷の仲はかなり険悪となった。

「すんだことを蒸し返してどうなりましょう。過去は思い出すだけで十分でございましょう。人は先を見て生きていく者」

覚蟬が首を振った。

「ではなんだ」

「奥右筆組頭《おくゆうひっくみがしら》立花併右衛門がことでござる」

「朝廷がなぜその名前を」

幕府で大きな権をもつとはいえ、奥右筆組頭は身分の低い役人でしかない。朝廷に名前が知れるはずはなかった。

「越中守さまを見ていれば、自ずと奥右筆組頭へ行き着きましょう」

「余を見張っていたか」

「それくらいご存じでございましょう。朝廷と対峙《たいじ》すると決められたのは、越中守さまでござる」

知らなかった振りは止《や》めてくれと覚蟬が手を振った。

「で、なにを言いたい」

松平定信は、覚蟬の言葉を無視して問うた。

「やれ、性急な」

覚蟬が嘆息した。

「朝廷と幕府、一つの国に二つの尊上。いかがでござろう、公武を一つにいたしませぬか」

「どういう意味だ。まさか、上様に将軍位を辞退し、幕府を解体せよと」

鋭い殺気を松平定信が発した。

「そのようなこと、できようはずもありませぬ。いや、やれぬことはございませぬが、何年もの日々と、多くの血を要しましょう。今上《きんじよう》さまは、争いをお望みではございませぬ」

とんでもないと覚蟬が否定した。

「では、どうすると」

「より公武を親密に」

「今も上様と朝廷は親密と思うが。幕府は朝廷の負託を受けて政《まつりごと》をおこなっている」

松平定信が覚蟬へ述べた。

「表面のものではなく、なかから一つにと。いかがでございましょう。十二代将軍となられるお方のご正室を皇室からお迎えになられれば」

「皇室から御台所《みだいどころ》さまをか」

さすがの松平定信が絶句した。

過去、幕府から皇室へ血を入れたことはある。二代将軍秀忠《ひでただ》の五女和姫《かずひめ》が、後水尾《ごみずのお》天皇の中宮となったのである。のち東福門院《とうふくもんいん》となった和姫は後水尾天皇との間に、二男五女をもうけたが、男子はすべて早世した。後水尾天皇のあとを女一宮が即位、明《めい》正天皇《しょう》となったが、女帝は婚せずとの慣例により生涯独身であったことから、徳川の血は天皇家に残らなかった。

「皇室の血を引くお方が、将軍になられる。これこそ真の公武一体でございましょう」

「夢物語をしにきたのか、御坊」

落ち着いた松平定信が覚蟬をたしなめた。

「そちらが東福門院さまの産まれた男子お二人になにをしたか、幕府が気づかぬとでも思っておるのではなかろうな」

「はて、なんのことでございましょう。百八十年から前の話、見ていた者は生きておりませぬ。風聞だけで相手をおとしめるのは、名執政として知られた越中守さまのなさることではございませぬぞ」

怒る松平定信を覚蟬があしらった。

「越中守さま、そろそろ無理が出てきておるのではございませぬかな」

穏やかな声で覚蟬が話し始めた。

「徳川が幕府を作ってくれたおかげで、我が国から戦《いくさ》は消えました。この功績は否定のしようがないことでございまする。なれど、近年、幕府の箍《たが》が緩んではおりませぬか」

「どこが緩んでおると申すか」

松平定信が問うた。

「家基どのの死、家斉さまへの毒」

覚蟬がつぶやくようにして答えた。

「きさま……」

鋭い目で松平定信が、覚蟬を睨《にら》んだ。

「隠そうとしたところで、覆《おお》いきれぬのが秘密でござる」

覚蟬が松平定信を見つめ返した。

「ううむ……」

小さく松平定信がうなった。

「幕府にとって将軍とその嫡男はなにものにも代え難い珠玉であるはず。それが二代にわたって害されようとした。これは、将軍の権威が落ちた証《あかし》ではございませぬか」

「…………」

松平定信が沈黙した。

「なぜ権威が落ちたか。それは、我が国にもう一つの尊上があらしめるからでござる。戦がなくなった。武が絶対であった時代が終わった。人というものは、明日の命が知れぬ間は武にすがりまするが、泰平になると文に重きを置く。そして、将軍のうえにあられるお方に気づいた。もちろん、かつてのように今上さまを奪い合って争うことはありませぬ。今の武家に戦をするだけの気概と金がないのは、子供でも知っておりまする。しかし、将軍よりも偉いお方を知ってしまった今、かつてのように幕府の命《めい》は何が何でもとはなりますまい。朝廷には名がございまする。将軍を任命するという力が。なれど朝廷にはその名を裏打ちする武力がござらぬ。一方、幕府は武を持っておりますが、名がない。ならば、この二つを合わせれば、人心を集中することができ、本邦は安泰となりましょう。そのためには、皇室から幕府に降嫁していただくのがもっとも適切」

「待て」

とうとうと述べる覚蟬を松平定信が遮《さえぎ》った。

「公武を一にするならば、将軍家の姫を中宮とし、生まれた男子を次の天皇となす。これでもよいはずだ」

「二度は厚かましゅうございましょう」

覚蟬が驚いた顔をした。

「すでに朝廷は一度徳川の血を受け入れておるのでございまする。順からいって、今度は将軍家が皇室の血をいただく番でございましょう」

「ふん」

松平定信が鼻をならした。

「その話は、今決められるほど簡単ではない」

「もちろんでございまする。わたくしのような怪しげな坊主と約束したところで、なんの意味もなしませぬでな」

当然だと覚蟬が首肯《しゅこう》した。

「それと奥右筆はどう関係するのだ」

話を松平定信が戻した。

「邪魔ではございませぬかの」

滞《とどこお》ることなく覚蟬が言った。

「これから公武が一になろうというとき、過去の秘密などを知っておる者が、それも責のない軽輩の身分の者が、いては安心できますまい。まさか、秘密を共有する仲間にするわけにもいきますまい」

「……なるほど」

松平定信が納得した。

「有能すぎる部下は、ことが終われば不要」

「つけこんで来ぬともかぎりませぬでな」

覚蟬がつけたした。

「そちらで始末をつけると」

「もちろん越中守さまが、人を出されるのをお止めはいたしませぬよ。まあ、わたくしどもの力を見ていただくにはよろしいかと」

「ふむ」

目を閉じて松平定信が思案した。

「ところで越中守さま」

「なんだ」

松平定信が、覚蟬へ応じた。

「内親王さまのご降嫁はなにも、将軍の世子《せいし》でなければならぬのではございませぬ。家康さまが血を引くお方であれば、どなたでもよいので。そう、越中守さまのお孫さまでも」

「な、なにを」

覚蟬の話に松平定信が、絶句した。

「天皇家の血を引くお方に、朝廷はふさわしい処遇を与える。なんの不思議がございましょう」

「馬鹿なことを。一度臣下になった者は、主となれぬ」

松平定信が首を振った。

田安家から白河松平へ養子へ出たため、松平定信は十一代将軍になれなかったのだ。吾が身で経験しただけに、松平定信の否定は強かった。

「はて、となれば、五代将軍綱吉さま、六代将軍家宣さま、八代将軍吉宗さま、そして今の家斉さまは、簒奪《さんだつ》と言うことになりますぞ。御三卿《ごさんきょう》は将軍家お身内として除いても、他の方々は、家臣筋。少なくとも綱吉さまと家宣さまは、別家して松平を称された。松平は徳川の前姓といえども臣下。ああ。そういえば、吉宗さまも一時は松平と名乗られて三万石の主をなさっておられましたな」

とくとくと覚蟬が語った。

「…………」

松平定信は反論できなかった。

「失礼ながら、越中守さまが十一代将軍になれなかったのは、単に田沼主殿頭《とのものかみ》どのに嫌われたため。白河へ養子へいったなどこじつけた理由でしかございませぬ」

「主殿頭づれが……」

仇敵《きゆうてき》の名前を聞いた松平定信が憎らしげに吐き捨てた。

「死人を恨んでもいたしかたございますまい。どのような御仁であろうと、死ねば仏でございますからな。南無阿弥陀仏」

なだめるように覚蟬が手を合わせ、念仏を唱えた。

「さて、拙僧はそろそろ失礼いたすといたしましょう。あまりときを喰《く》っては、緋の衣の借り賃が高くなってしまいますでな」

覚蟬が立ちあがった。

「ああ。拙僧、普段は浅草寺《せんそうじ》裏の元兵衛《げんべえ》店《だな》に住まいおります。御用の節はそちらまでお願いをいたしましょう」

「寛永寺のものではないと言うのだな。たしかに門跡《もんぜき》さまを巻きこむわけにはいかぬな」

松平定信が確認した。

「ご明察でございまする」

歩き出した覚蟬が、足を止めた。

「本日のお布施は、霊巌寺へお願いいたしまする。ああ。拙僧へのお心付けも遠慮いたしませぬので、よしなに」

覚蟬が衣の袖《そで》を拡げて見せた。

# 二

その夜、覚蟬はお山衆《やましゅう》を集めた。

「お呼びか、覚蟬どの」

海山坊が口火を切った。

「いよいよ動いてもらうときが来た」

覚蟬が告げた。

「おおっ」

「ようやくか」

お山衆がざわついた。

「なにをすればいいのでござろうか。越中守の命を奪いまするか」

善海坊《ぜんかいぼう》が問うた。

「いいや。奥右筆を襲う」

静かに覚蟬が言った。

「奥右筆を」

覚蟬の命に海山坊が驚いた。

「よろしいのでございまするか」

お山衆は、覚蟬と衛悟が親しくしていることを知っていた。

「かまわぬ。大義のためならば、個は滅さねばならぬ」

「一つ伺《うかが》いたい」

視海坊の代わりに、日光から出てきた鳴山坊《めいざんぼう》が手をあげた。

「奥右筆を殺す意味はござるのか。無益な殺生《せっしょう》ならば……」

「無益ではない」

覚蟬が断じた。

「越中守を引きこむ」

「なんとっ」

聞いた一同が驚愕《きょうがく》した。

「奥右筆と越中守は、手を結んではおらぬ。越中守にとって奥右筆は、手を嚙《か》んだ犬なのだ。一度噛んだ犬を、ずっと使い続けるほど、越中守は甘くない。捨てどころを探っているというのが、実情であろう。うかつに捨てて、敵方へ寝返られたら、大事だからの」

「しかし、越中守は、まだ奥右筆を使っておりまするが」

海山坊が言った。

「老中首座を降りた越中守に手兵はない。ために噛まれたことに目をつぶっただけ。怒りに任せて一度は刺客を送ったようだが、そのあと何もしておらぬだろう。今、奥右筆を排除すれば、越中守は耳目手足を失う。我慢しているだけよ。なればこそ、つけいる隙《すき》がある。我らが奥右筆を始末すれば、どうなる」

問いかけるように覚蟬が一同を見た。

「越中守の手でできなかったことを為《な》す。我らの実力を知らしめることになりまするな」

「うむ。もう一つある」

うなずいた覚蟬が、指を立てた。

「もう一つ……」

五人のお山衆が顔を見合わせた。

「我らの値打ちを見せつけ、我らが奥右筆の代わりに越中守の手足となるのだ」

「なにを言われるか」

聞いたお山衆が激した。

「我らは寛永寺門跡さまにだけ従う仏門の盾《たて》でござる。門跡さまのお里である、朝廷を押さえつけている幕府の臣などのために働くなど……」

代表して海山坊が食いついた。

「方便じゃ」

覚蟬が宣した。

「仏も許す偽りよ。我らは、越中守と目的を共にすると見せかけるのだ。そうして越中守の懐《ふところ》へ入り、幕府へ食いこむ。そして、十分食いこんだところで、その腹を……」

「食い破ると」

海山坊の言葉に、覚蟬がうなずいた。

「そのための第一が、奥右筆の排除である。越中守にとって、便利な道具でもある、目障りな奥右筆を殺す。これは、越中守の目を奪うための策でもある。目を失った越中守は、我らに頼るしかなくなる。なにせ、幕府でなんの権も持たぬのだ」

「先の老中首座でございましょうに」

大きく善海坊が首をかしげた。

「権を手放した者の末路よ。でなくば、たかが奥右筆に徳川を揺るがすような秘事の探索を任せるはずもない」

「たしかに」

善海坊が納得した。

「そのための手は打った。拙僧の流した毒が、いつか越中守を侵す。そのときこそ、朝廷が幕府へ戦いを挑むとき。我らはそのための礎石となる」

「承知」

お山衆が受けた。

「ときと場所は、任せる。知っておるように奥右筆は柊衛悟という警固《けいご》がおり、さらにお庭番《にわばん》ともう一人、冥府防人と名乗る者がついておる。ともに難敵であることは、皆もわかっておろう。人手をさらに用意するが、今後はたえず三人以上で奥右筆を追い、お庭番と冥府防人という輩《やから》の隙を見つけたならば、襲え」

「修験《しゆげん》の技、存分に」

五人が頭を下げた。

お山衆を散らせた覚蝉は、一人寛永寺円頓院《えんとんいん》本坊の本堂で額《ぬか》ずいていた。

「おん、ころころ、せんだり、まとうぎ、そわか」

覚蝉が口のなかで唱えた。

寛永寺円頓院本坊の本尊、薬師《やくし》如来《にょらい》の真言《しんごん》であった。

薬師如来は東方浄瑠璃《じょうるり》世界の教主とされている。衆生《しゅじょう》の病を治し、長寿をもたらす。生きている間に功徳を施してもらえることから、現世利益の霊験《れいげん》あらたかな仏として、庶民たちだけでなく、大名や公家などの信仰も厚い。

「なんのために祈るのかの」

不意に声をかけられた覚蝉が振り向いた。

「宮さま」

いつのまにか、寛永寺門跡公澄法親王が本堂に入っていた。

「祈りとはなんだ」

「願いでございまする」

問答をしかけてきた公澄法親王へ、覚蝉が答えた。

「では、願いとは」

「果たしたい望みでございましょう」

覚蟬が述べた。

「望みならば、仏に祈るより、己が努力すべきではないのか」

「己の努力では届かぬゆえ、仏に頼るので」

「届かぬ願いなど、分に過ぎたものと思わぬか」

公澄法親王が言った。

「いえ、届かぬと知りながら望むことで、人はいろいろと先へ進んで参りました。剣ではどうしても勝てぬ相手を殺すために鉄砲が生まれ、人力では壊せぬ城を潰《つぶ》すために大筒《おおづつ》が作られたように」

「浅ましい話ではないか。鉄砲も大筒もなければ、戦で死ぬ人の数は桁《けた》が一つさがろうに」

本尊の前へ公澄法親王が座った。

「薬師如来は現世利益を顕現すると言われている」

公澄法親王が、薬師如来を見上げた。

「功徳をもらったことがあるか」

薬師如来を見たまま公澄法親王が問うた。

「ございませぬ。古今東西すべての御仏に数十年祈り続けて参りましたが、何一つ功徳はございませなんだ」

はっきりと覚蟬が否定した。

「ならば、なぜ祈る」

「願いを確認いたすため。己の想いが揺らがぬよう」

覚蟬が述べた。

「想いの揺らぎを防ぐためと申すか」

「そう、父や母、妻や夫、子。その者にとって大切な人が病に倒れたとき、治って欲しいと願う想いを例にいたしましょうか」

「ふむ」

公澄法親王が先を促した。

「その病が長引いたとき、どうなりましょう。生活を圧迫する薬代、病人を一人抱えることで生まれる不都合。看病の疲れ。いろいろなものがのしかかって参りまする。人は弱い。こうなってしまうと、病人の死を考えてしまうこともございましょう。そんなとき、御仏のお姿を拝せば、醜いものをもった心を恥じ、ふたたび最初の治って欲しいとの想いを取り戻すことができましょう」

「さすがじゃな」

ゆっくりと公澄法親王が、覚蟬と向かい合った。

「なにを祈った」

公澄法親王が訊いた。

「許しを願っておりました」

覚蟬が述べた。

「そうか。始まるか」

ふたたび公澄法親王が、薬師如来へと向き直った。

「わたくしは卑怯《ひきょう》でございまする。殺生を命じておきながら、吾が手は汚しませぬ。お山衆にすべてを押しつけましてございまする」

蚊のような小声で、覚蟬が語った。

「もちろん、悟りを開いて往生などできるとは思ってもおりませぬ。吾が身が地獄へ落ち、永遠に終わらぬ責め苦を受けることも承知いたしております。ただ、お山衆たちの罪を吾が身へくださるよう、御仏へ願っておりました」

「それならば予《それがし》も同罪じゃな」

公澄法親王が告げた。

「予が、覚蟬に朝廷の復権を命じたのが、すべての原点」

「たしかに。法親王さまのお言葉がなければ、わたくしは、未《いま》だ寛永寺の学僧として、世間の裏など知らず、ただ名僧じゃとおだてられて天狗《てんぐ》になっておりましたでしょう」

小さく覚蟬が笑った。

「今から思えば、あのころのわたくしは、どうしようもなく嫌な坊主でございました」

「…………」

「それが法親王さまのご命を受けて市井に身を置き、それはいろいろなことを経験し、見て参りました。明日一日糊口《ここう》をしのぐ米のため、身を売る娘、食べていけぬと生まれたばかりの子の顔を押さえる父親、貸した金を取り立てるため、病人の夜具さえも持って行くやくざ者。寺のなかが極楽に思えました」

淡々と覚蟬が続けた。

「……覚蟬」

普段のとぼけた風貌を消した覚蟬に、公澄法親王が驚いた。

「なにもせず、四民の上と威張《いば》っている武家の政は、もともと無理があったのでございまする。働かずして搾取《さくしゅ》する。どれだけ傲慢《ごうまん》なことか。本来武家は戦のとき、命をかけて領民を護《まも》るためのもの。戦いがなければ不要。なにより、武士がいるから争いが起こるのでございまする」

「武家はあるだけで罪だと」

「さようでございまする」

はっきりと覚蟬が言った。

「しかし、武家は公家の持っていた荘園を盗賊から護るために発したものだ。武家がいなくなれば、盗賊が跳梁跋扈《ちょうりょうばっこ》することになり、世が乱れるぞ」

公澄法親王が反論した。

「盗賊や野獣への対策を担う者は要《い》りようでございましょう。ただ、今の武家のように身分として固定するのではなく、応じて村や里から選ばれ、村長《むらおさ》の下で動く。そうすべきなのでございまする」

「かつて武家が誕生した平安のころへ戻せと」

「はい。そこから朝廷と武家のかかわりを変えていくしかございませぬ」

覚蟬が首肯した。

「今上さまはもちろん、歴代の天皇さまは、争いごとを好まれませぬ。戦いを求められぬ方こそ、武家の頂点にふさわしい」

「うむ」

同意と公澄法親王がうなずいた。

「ただ、時代を変えるには、どうしても犠牲が要りまする」

「悲しいことだがな」

「その責はわたくしが」

背筋を伸ばして覚蟬が告げた。

「いいや。責は上に立つ者が負わねばならぬ。もっとも予だけがとは言わぬ。一人で地獄へ落ちるだけの覚悟が、予にはない。覚蟬、そなたに供を命じる」

公澄法親王が宣した。

「……おそれおおい」

覚蟬が平伏した。

三

大奥で側室を抱いたあと、家斉は厠《かわや》へ立った。

「お手伝いをさせていただきまする」

厠には一人の奥女中が控えていた。

「うむ」

家斉は立ったまま、下帯を奥女中のなすままに任せた。

「香枝《かえ》」

「はっ」

声を掛けられた香枝が、小さく返答した。香枝はお庭番村垣源内の妹である。大奥における家斉の警固と、探索のため厠番《かわやばん》として入りこんでいた。

「越中守からなにか申して参ったか」

「今のところはなにも」

香枝が首を振った。

「ふむ。越中守にしては、手が遅い」

逸物《いちもつ》を香枝に持たせ、放尿しながら家斉がつぶやいた。

「大奥は別ものでございまする。男のお方にはわからぬところで」

綿をくるんだ絹で拭きながら、香枝が述べた。

「女だけしかおらぬ大奥で、なにを繕《つくろ》うことがある。男がおるならば、外面もよくせねばならぬだろうが」

家斉が首をかしげた。

「だからでございまする。男がおらぬからこそ、女同士で競うので。見栄も化粧も、上様のためではなく、相手より己が上だと見せつけるため」

香枝が語った。

「なれば、相手を蹴落とすことになる越中守の調べはちょうどよいであろう」

「いいえ。大奥は一つの界。なかで争いはいたしまするが、外からの圧に対しては一丸となって立ち向かいまする。そうでなければ、とうの昔に大奥の権は表に奪われておりましょう。女とは群れる者でございますれば」

下帯を締めながら、香枝が首を振った。

「まちがえたか」

なすがままに任せながら、家斉が苦い顔をした。

「お伺いいたしてもよろしゅうございましょうか」

整え終わった香枝が、家斉から離れた。

「越中守へ大奥で躬《み》の夜具に知らぬ女が寝ていた話をしたのだ。家基の一件で己を追いこんでいるようであったゆえ、なにかすることを与え、気持ちをそらさせようとしたのだが……」

「それは……」

香枝が詰まった。

「いかに吉宗さまの孫とはいえ、越中守が大奥へ入ることはできぬ。また、里帰りしている奥女中と会うこともな。疑われるからの。外から大奥を知れぬのならば、出てくるものから推察するしかない。大奥が出すもの。それは金の要求であり、女中どもの進退。大奥から表へ差し出される要望は、奥右筆のもとに集まる。家基のことを知りすぎた奥右筆の一人を排そうとした越中守を止める材料になればと考えたのだが、かえってよくなかったな。奥右筆を通じても大奥の内が知れぬとわかったとき、越中守は……」

家斉が言葉を切った。

「己の闇を含めて知りすぎた奥右筆を殺す」

はっきりと香枝が口にした。

「躬は、越中守の手を汚したくはない。血ぬられた徳川の血筋であっても、一人くらい清らかであってもよいではないか。躬のように長子を亡き者とされても将軍の地位へしがみつかねばならぬ情けない飾りになるのは、もう終わりにせねばならぬ。竹千《たけち》代《よ》はまだ三歳だったのだぞ」

「上様……」

「躬はな。奥右筆一人ですまそうとしている己が、なにより情けない。すべてを救う力をもたぬことが悔しい」

小さく家斉が頭を振った。

「ご無礼をお許しくださいませ」

泣きそうな家斉を香枝が抱きしめた。


衛悟は、急に気配が増えたのを感じ、とまどっていた。

「どうした」

いつものように外桜田門《そとさくらだもん》から家路をたどりながら、併右衛門が問うた。

「みょうな気配がいくつか」

「いくつか……」

複数であることに併右衛門が驚愕した。

「あやつか」

「違いまする」

きっぱりと衛悟は否定した。

「あいつならば、まず気配を感じさせませぬ。もし、殺気を出したならば、こんなものではすみますまい」

「では、いったい誰が……先夜の忍《しのび》か」

「もしくは越中守さまの手」

二人は顔を見合わせた。

「越中守はまだないと思う。大奥の一件がすむまで、手出しはないだろう。儂《わし》でなければ、大奥のことを知るのは難しい。同役の加藤どのでもできるだろうが、新たに秘密を知る者を作る。将来邪魔になったとき、排斥《はいせき》するのは少ないほうがいい。奥右筆組頭が二人続いて不審な死にかたをしたならば、目立つ」

併右衛門が否定した。

「となれば……」

衛悟は緊張した。

「忍は、気配を出さぬと聞きまする。それが、ここまで露骨なまねをする。その真意は……」

「……真意は」

喉《のど》を鳴らして併右衛門が唾《つば》を飲みこんだ。

「決して生かしておかぬとの意思表示」

一度切った言葉を衛悟は述べた。

「…………」

併右衛門が絶句した。

「ご案じあるな」

衛悟は安心させるように微笑んだ。

「冥府防人を相手にするわけではございませぬ。あやつに比べれば、あの忍などものの数ではございませぬ」

強がりを衛悟は口にした。衛悟は忍との戦いをまともに経験していない。飛来した手裏剣《しゅりけん》で傷つけられた右肩は、完治していなかった。

「……そうだな」

少し間を置いて併右衛門が首肯した。

「まだまだ死ぬわけにはいかぬ」

併右衛門が決意をこめて手を握りしめた。

衛悟と併右衛門を見張っているのは海山坊、善海坊、鳴山坊のお山衆であった。

「なさそうだな」

小さく海山坊がつぶやいた。

「うむ。我らの気配に対するものは感じられぬ」

善海坊が応じた。お山衆はわざと殺気をもらして、反応する者を探っていた。

「破天荒な忍は、いつも張りついているわけではないと聞いた」

「ああ。ここ一月以上見張っていたが、あいつが出てきたのは、三度ほどだ」

鳴山坊の言葉に善海坊がうなずいた。

「お庭番は、立花の家に潜《ひそ》んでいるようだ。外で見たことはない」

海山坊が述べた。

「では、今やるか」

「うむ。屋敷に近づけば、お庭番が出てくる」

「行くぞ」

三人が顔を見合わせた。

「来る」

気配の変化に衛悟は応戦の体勢を取った。

前から三人の修験者が駆けてきた。

「下がれっ」

併右衛門が中間《ちゅうげん》二人へ命じた。

「まずい」

衛悟はつぶやいた。修験者の手には六尺（約一・八メートル）棒が握られていた。

棒は剣にとって厄介《やっかい》な相手であった。

まず間合いが違った。剣の間合いが二間（約三・六メートル）なのに対し、棒の間合いは三間（約五・四メートル）以上ある。剣は棒の勢力である一間（約一・八メートル）以上を踏みこえなければならないのだ。つまり一間の間、敵の攻撃をかわすか耐えるかしないと、こちらの切っ先は届かないのだ。

さらに樫《かし》の木をよく乾かした棒は堅く、撃ち合えば剣を叩《たた》き折ることもある。そのうえ、棒は先も尻も同じように使え、刃のないところでは戦えぬ剣に比べて、棒は変幻自在であった。

「奥右筆組頭立花併右衛門と知っての狼藉《ろうぜき》か」

大声で併右衛門が怒鳴《どな》った。幕府役人の権威にすがる方法だが、有効な手であった。

「…………」

しかし、答えは返されず、修験者が棒を構えた。

「承知のうえか。ならば、衛悟。遠慮なくいけ」

「おう」

併右衛門の激励に、衛悟は応じた。

「死へ導こうぞ」

先頭を駆けてきた鳴山坊が、衛悟の頭目がけて棒を落とした。

「…………」

衛悟はぎりぎりまで引きつけて、左足を引き半身になって、これをかわした。

「おうっ」

全身の力をこめていた鳴山坊が、棒を止めきれず地を撃った。

「えいっ」

地に刺さった棒を、衛悟は右足で踏みつけた。

「離せ、離さぬか……」

鳴山坊が棒を引こうとした。

「やあ」

その棒を足場に、衛悟は跳んだ。

空中で衛悟は脇差《わきざし》を抜き、鳴山坊の左首根を撃った。

「あくっ」

首の血脈を断たれた鳴山坊が、棒を離して両手で傷を押えた。

「こいつ」

顔色を変えた善海坊が、あわてて棒を振った。

「はっ」

腰めがけて来た棒を、衛悟は鳴山坊の身体《からだ》を突き飛ばすことで盾《たて》にした。

「ぎゃっ」

棒をまともにくらった鳴山坊が倒れ、手が離れた傷口から一間近く血が噴き上げた。

「馬鹿が。よく見ろ」

海山坊が善海坊を叱《しか》りながら、棒を下段に取り衛悟へ向けた。

「おぬしは奥右筆を倒せ。こやつの相手は吾《われ》がいたす」

「あ、ああ」

仲間を撃った衝撃から、立ち直った善海坊がうなずいた。

「ちっ」

大きく迂回《うかい》して後ろへ向かった善海坊へ対応しようとした衛悟を、海山坊が牽制《けんせい》した。

「しゃああ」

地を這《は》うように下段の棒を前へ出し、衛悟の股間目がけて撥《は》ねあげた。

「…………」

後ろへ下がって衛悟は避けた。

「逃がすかよ」

空を切った棒を、海山坊が天の位置で回し、勢いを乗せて振り下ろしてきた。

「おう」

衛悟はかまわず前に出た。間合いで負けているのだ。下がり続ければ追いこまれることになり、逆転を狙えない。

棒にせよ、剣にせよ、相手の動きを予想して撃ちだしている。突っこんだ衛悟に海山坊の棒がむなしく空を打った。

「なんと」

下がると思って伸ばした棒の下を、くぐった衛悟に海山坊が感心した。

「やるな。では、これはどうだ」

海山坊は手を折りこむように曲げて、棒の勢いを止めると、石突きを前へ出した。

「なんの」

衛悟は、脇差を石突きへ沿わせるように突き出した。流れのできていたぶん、衛悟が早かった。

「つっ」

後ろから引っ張られたかのように、海山坊が跳んで間合いを空けた。

「…………」

追わずに、踏み出した右足の反動を利用して、衛悟も後ろへ退いた。大きく下げた左足を軸に衛悟は身体を回転させた。

「やらせぬ」

衛悟は併右衛門へ襲いかかろうと棒をあげた善海坊へ体当たりをかました。

「……くそっ」

寸前に気づいた善海坊が、衛悟をかわしたものの、体勢を崩した。

「併右衛門どの太刀を抜かれよ」

「ああ」

呆然《ぼうぜん》としている併右衛門を促して、衛悟は脇差を構えなおした。

「ちっ」

舌打ちした善海坊が、棒を右脇へ抱えこんだ。

「待て」

前へ出ようとした善海坊を海山坊が止めた。

「退くぞ」

死んだ鳴山坊を、海山坊が背負っていた。

「なぜだ。このまま押し切ればいい」

「気づかぬのか。中間の姿が消えている。助けを求めに行ったに違いない」

「あっ」

善海坊が唖然《あぜん》とした。

「二人を仕留めるだけのときはない。今は退くが良策」

「……わかった」

足を送って善海坊が音もなく下がった。

「何者ぞ」

併右衛門の問いかけに、海山坊が振り向いた。

「きさまは、知りすぎたのだ」

そう言うと海山坊たちは、去っていった。

「無事か、衛悟」

大きく息をついている衛悟を併右衛門が気遣《きづか》った。

「慣れぬ動きをしただけで、傷などは負っておりませぬ」

衛悟は大丈夫だと答えた。

「殿さま」

中間たちが戻ってきた。

「なにかござったのか」

後ろに近くの大名屋敷から出たらしい藩士たちが数名ついていた。

「これはかたじけない。辻斬りのようでござったが、なんとか撃退いたしました」

併右衛門が頭を下げた。

「さようでござったか。お怪我がなくてなにより。しかし、御上のお城に近いところで辻斬りとは、ご威光をおそれぬ輩《やから》でござるな」

藩士の一人が嘆息した。

「まったく。お手数をおかけいたしました。御礼は後日。戻るぞ」

まだ話したそうな藩士を残して、併右衛門は歩き出した。

十分離れたところで、併右衛門が衛悟へ問いかけた。

「先夜の忍か」

「おそらく違いましょう、確証はございませぬが。ただ、この度《たび》のは見せしめのためというか……」

小さく衛悟が首を振った。

「見せしめだと」

「はい。得物が棒でございました。刀で突き殺した、あるいは斬り殺したならば、傷をうまく隠して病死を装い、お上をごまかすこともできましょうが、棒で殴り殺したとなれば、隠しようもございませぬ」

「旗本の死は、目付《めつけ》の検《あらた》めを受ける。殺されたと一目瞭然《いちもくりようぜん》か」

「はい」

「先夜とはあまりの差だな。片や、儂を殺したとわからぬようにして排除しようとし、次はあからさまに襲う……」

併右衛門が黙った。

「どうかなされましたか」

衛悟が問うた。

「成功しようとも、失敗しようとも、上様へ毒を盛ったことが知られぬはずはない。表沙汰にできぬとしても、密かにお調べは台所の者、お小納戸御膳番《こなんどごぜんばん》へ伸びる。そのとき、御膳番が不審な死を遂げていたら……」

「御膳番が毒をと思いましょう」

独り言へ衛悟が口を挟《はさ》んだ。

「それまで予想してのことだとしたら……疑いは御膳番を動かせるほどの人物へと移る」

「はい」

相づちのように衛悟が同意した。

「だが、越中守から命じられて調べ始めた儂は、大奥の一件から伊賀者へと手を伸ばした。かするほどでしかなかったとはいえ、それを危険と感じた者が、先夜の襲撃を……」

併右衛門が足を止めた。

「八丁堀《はっちょうぼり》へ行く」

不意に併右衛門が言い出した。

「白河の上屋敷でございまするか」

「ああ」

「よろしいので。越中守さまがどう出られるか、わかりませぬ」

衛悟が警告した。

「博打《ばくち》にはなるが……」

足を速めながら併右衛門が語った。

「前も言ったと思うが、越中守に、儂はまだ役に立つと思わせねばならぬ。田沼憎しと考えた譜代《ふだい》大名衆や御三家によって担ぎあげられたとはいえ、老中首座を七年近くやったのだ。政の闇に十分染まっているはず。一時の激情がおさまれば、どうするのが己にとって得かわからぬ人ではない」

「そういうものなのでございましょうか」

「裏を読めぬと役人は務まらぬぞ」

首をかしげる衛悟を、併右衛門が諭《さと》した。

# 四

「そちらから来るとは、珍しいな」

松平定信はただちに併右衛門たちを通した。

「お報《しら》せすべきことができましてござる。先夜のお邪魔した帰り、忍に襲われましたことはご存じかと思いまする。それで気づいたのでございまするが……上様へ毒を盛った者は、御膳番ではございませぬ」

「なんだと」

聞いた松平定信が驚愕した。

「毒薬を盛ったのは伊賀者でございまする。御膳番は、その隠《かく》れ蓑《みの》として使われただけ」

併右衛門は己が襲われた状況を話した。

「堀へ落ちて溺死《できし》、夜具のなかで急死……。そなたが狙われたのと同じか」

松平定信の顔色が変わった。

「江戸城の守りを命じられている伊賀者が、上様を狙った……」

「…………」

その裏を考えるのは、松平定信の仕事である。併右衛門はなにも言わなかった。

「遠因を探れば、本能寺の変までさかのぼらねばならぬが、近因は八代将軍吉宗さまだ」

冷えた茶を含みながら、松平定信が言った。

「吉宗さまは、伊賀者最後の砦《とりで》、忍としての本質を奪われた。隠密の役目を伊賀者からお庭番へと移された」

戦国の闇で覇権を争った甲賀《こうが》との間につけられた身分の差は、隠密という忍らしい任を背負うことで辛抱してきた。だが、お庭番によって、最後の矜持《きょうじ》さえ奪われた。

将軍から直属に命を受け、日本中を駆け巡り、大名たちの過失を暴く。幕府を陰で支え続けてきたという伊賀者の歴史は、誇りと共に断たれ、残されたのは、生きていくことさえ難しいわずかな禄《ろく》と、屋敷の番人という甲賀者に劣る役目だけ。

「伊賀者の失意はどれほどのものであったか。三十俵三人扶持《ぶち》という同心の身分が枷《かせ》となったな」

「想像するのも辛い話で」

松平定信の言葉に併右衛門も同じ思いであった。

すぐに松平定信が理解した。

「隠密御用とはそこまで忍にとって重要なものでございまするのか」

一つまちがえれば、伊賀組全部が根絶やしにされかねないのだ。将軍へ手を出すほどのものがあると併右衛門には思えなかった。

「隠密御用とは、忍の矜持だけではない。いや、誇りなど関係ない。隠密御用は金になるのだ」

「金でございまするか……奥右筆部屋に隠密御用の出金報告などございませぬが」

併右衛門は首をかしげた。

「当たり前じゃ。表だって口にできぬからこそ、隠密なのだ。そのような記録を残してみよ、ことが漏《も》れるではないか。隠密は勘定奉行も見張るのだぞ。政にはかならず光のあたらぬ場所がある。そのくらい気づいておるであろうが」

松平定信があきれた。

「申しわけございませぬ。では、知らぬついでにもう一つ。隠密御用の金はどのくらいの嵩《かさ》になりましょうや」

詫《わ》びに続けて、併右衛門は訊いた。

「もちろん隠密御用に加わる忍の数や任によってかわるが、薩摩《さつま》飛脚《びきやく》ともなれば、百両の金が渡される」

薩摩飛脚とは、島津藩へ忍びこむ隠密のことをいう。藩全体でよそ者を排除する薩摩の目を盗んで、事情を探る隠密は、もっとも難しいとされていた。

「百両……それは大きな」

三十俵三人扶持、換算して十二両ほどの年収しかない伊賀者にとって、まさに夢のような大金であった。

「この金は、使い道の報告も要らぬ。余っても返さなくていい。足らない場合は、請求すればまた出る。まさに自在に遣《つか》える金」

「ううむ」

併右衛門はうなった。

「薄禄の伊賀者にとって、探索の金は、喉から手が出るほど欲しいはずだ」

「なるほど。ではやはり、大奥の女も」

「ああ。伊賀者であろうな。伊賀には女忍《おんなしのび》もおるという」

大きく松平定信が首肯した。

「話はそれだけか」

「はい」

確認された併右衛門はうなずいた。

「御膳番のことは終わりましたが、大奥のことはいかがいたしましょう」

「上様よりうかがった話である。このまま捨て置くわけにはいくまい。伊賀者と大奥のつながりだけでもよい。あぶりだせ」

併右衛門の質問に、松平定信が述べた。

「はっ」

「下がってよい」

松平定信が手を振った。

「では……そうそう、つい先ほど修験者の風体をした者に襲われましてございまするが、越中守さまにお心あたりなどは」

「……修験者風……心あたりなどないわ」

「ご無礼を。行くぞ」

衛悟へ声をかけて併右衛門が出て行った。

「……どうするかだな」

一人残った松平定信がつぶやいた。

「あまりに知りすぎたというのも事実。だが、役に立つというのも確か。……やはり遣える間は遣い、用ずみとなったところで始末するか。上様を狙った伊賀の一件。表にすることはなんとしても防がねばならぬ。これが片付くまでは、生かしておくべきだろうな。それにしても修験者とは、あの坊主め、さっそく手を出してきおったわ」

松平定信が小さく息を吐いた。

「どちらでもいい。吾が役に立つならばな。あの坊主は余に、将軍位への回帰を申し出たが、そのようなものに惑わされはせぬ。公武一致などというが、そのじつは、朝廷による幕府の乗っ取り。血による支配。その手になどのるものか。いや、逆に利用してくれようぞ。吾が子孫と皇室の婚礼。生まれた子供を天皇とすればいい。公の役目は学。将軍を兄とし、天皇を弟とする。政と祭祀《さいし》の完全なる分離。朝廷が将軍を任ずるのではなく、幕府が天皇を擁する。これならば、天皇を奪い合って戦うことはなくなる」

思案を口にしながら、松平定信が興奮した。

「そのためには、天皇の娘、あるいは妹を、吾が子孫のもとへもらわねばならぬ。優位にことを進めねば、逆に力を奪われかねぬ。坊主どもへの牽制《けんせい》もせねばな。奥右筆とぶつけてみるのが妙手だな。ふふふ、吾が血を引く皇子が、千年の平穏をもたらす礎《いしずえ》となる」

松平定信が笑った。

八丁堀を出た併右衛門は、小さく笑っていた。

「どうかなされましたか」

「いや、案外、越中守も底が浅いと思っての」

衛悟に問われて、併右衛門は声をあげて笑った。

「気づいたか。最後に儂が修験者に襲われたと申したときの越中守の様子を。答えが出るまでに間があったであろう。あれは、思いあたる節がある証拠よ」

「なるほど」

「もっとも越中守の命ではなさそうであったがな」

「伊賀者では」

「なかろう。伊賀者と越中守が手を打ったにしては、しゃべりすぎだ」

併右衛門が首を振った。

「となると、もう一つ新たな敵が増えたことになりまする」

「だな。もっとも、敵と敵が味方とはかぎらぬ。我らが不利になったには違いない。だが、悪いことばかりではない。潰しあってくれることもあろう」

「はあ」

衛悟は併右衛門の話を理解できなかった。

翌朝、なんの変わりもなく併右衛門は奥右筆部屋へ出勤した。

「普請方《ふしんかた》より、先日の大風で落ちた伏見櫓《ふしみやぐら》の瓦葺《かわらふ》き替《か》えの子細が参っておりまする」

「勘定方《かんじょうかた》で、瓦代金の正否を問え。ご老中さまから高すぎるとのご注意を受けぬように注意いたせ」

「札差《ふださし》出雲屋《いずもや》から、大番組《おおばんぐみ》鬼頭《きとう》治郎五郎《じろごろう》の懲戒を求める書付があがっておりまする。貸した金の利息も払わぬとか」

「大番組頭へ渡しておけ。目付に見られれば、鬼頭家は潰《つぶ》されよう。組頭から話をさせ、己から役目を退かせてやるようにいたせ」

配下から問われるたびに二人の奥右筆組頭は経験から得た知識で、的確な指示を出した。

「昼餉《ひるげ》をお先になされよ」

仕事の区切りが付いた併右衛門へ、加藤仁左衛門が言った。

「そうさせていただこう」

弁当を使うため、併右衛門は奥右筆部屋を出た。

「その前に……」

併右衛門は下部屋とは逆になる中奥《なかおく》へと足を踏み入れた。

「御免《ごめん》。奥右筆組頭立花併右衛門でござる。用人どのはおられるか」

お広敷《ひろしき》へ着いた併右衛門は、目に付いたお広敷番へ尋《たず》ねた。

「こちらでお待ちくださいませ」

お広敷番が併右衛門を残して、お広敷の奥へと消えた。大奥とつながるお広敷は、禁じてはないが、他役の出入りをできるだけさせなかった。

「お待たせいたした。お広敷用人中川太郎右衛門《なかがわたろうえもん》でござる」

「お初にお目にかかりまする。奥右筆組頭立花併右衛門でござる」

待つほどもなく出てきた初老の役人へ併右衛門が名乗った。

お広敷用人は、奥右筆組頭を経験した者が多い。併右衛門は高飛車にならないよう、ていねいな口調で頼んだ。

「なにかの」

中川が訊《き》いた。

「大奥の女中についてお伺いいたしたいことがござる」

「お役目でか」

じろりと中川が併右衛門を見た。

奥右筆を経験したのではなく、勘定吟味役《かんじょうぎんみやく》から転じていた中川でも、他職の縄張りに口出しする併右衛門の要求は納得のいくものではなかった。

「今後、奥右筆部屋で大奥のことも扱うかどうか、執政の方よりご下問がござったので」

「……なるほど」

併右衛門の嘘に中川が不承不承《ふしようぶしよう》ながら納得した。

「たしかにお広敷には大奥の出入りから、金の動きまでいっさいを記した書付がある。それがどれほどの量になるか……」

中川が意味ありげに、言葉を切った。

「無理でござるな」

「であろう」

あっさりと引いた併右衛門に中川がほっとした顔をした。大奥が締め付けられれば、お広敷用人の余得も減る。

「では、伊賀者の任にかんする書付はお渡しいただけようか」

併右衛門が違う話をした。

「伊賀者は、お広敷の配下。上様の私《わたくし》を預かるお広敷として、表右筆ならばまだしも、奥右筆へ渡すわけにはいかぬ」

中川が拒絶した。奥右筆が政全般を扱うのと逆に、表右筆は将軍家の内情を取り扱った。二つの右筆の職は、曖昧《あいまい》な境界をもちながらも、分けられていた。

「伊賀は上様の私でござるか。ならば、奥右筆はかかわりますまい」

「そうあるべきである」

役職の順位からいけば、お広敷用人が上になる。中川が尊大に言った。

「ただ、伊賀がまだ探索御用を承っていたころの金の出入りに疑義がござる。探索御用は表の任。それは奥右筆にかかわりましょう」

併右衛門が食いこんだ。

「ううぬ」

中川がうなった。

「ご安心なされよ。伊賀者が探索御用を承っていたのは、七代さまの御代まで。なにがどうなろうとも貴殿の責になることはござらぬ」

「それもそうだな」

ほっと中川が肩の力を抜いた。

「ご支配役である、中川どのから伊賀者へ、書付《かきつけ》をあげるようにとお話を願います る」

「承知した。今すぐと言うわけには参らぬが」

「期日はもうけませぬ。では、お邪魔をいたしました」

併右衛門はお広敷を後にした。

「さて、どうでるかな、伊賀者は」

端《はな》から併右衛門は、お広敷の書付など見る気もなかった。松平定信の要求がなければ、大奥に触れるなど、したくもなかった。

「生き残るためとはいえ、綱渡りばかりだの」

大きく併右衛門は、息を吐《は》いた。


併右衛門がお広敷に来たのを伊賀者は見逃していなかった。

「聞こえるか」

忍にとって、多少の距離など問題ではなかった。藤林に命じられた八田が、耳をそばだてた。

「大奥の出入りを書付にして奥右筆部屋へ出せとか」

「みょうな」

藤林が首をかしげた。

「中川さまに断られたようでございまする」

八田が報告した。

「当然だの」

大きく藤林がうなずいた。

「なっ。伊賀の隠密御用の金を精算して書付で出せだと」

聞き耳を立てていた八田が驚愕した。

「まずいな」

聞いた藤林がつぶやいた。

「我らへ報復を宣《せん》しに来たか」

「報復……」

苦い顔をした藤林へ、八田が問うた。

「命を狙われた。このまま黙ってすまさぬとの意思表示よ。奥右筆の力は大きい。伊賀組の数が多すぎるのではないかと老中に進言することもできる」

「そのようなこと言わせてはなりませぬぞ」

八田が激した。

「探索御用の金をつつかれれば、埃《ほこり》が出るのだ。伊賀者が生きていくために使ったとはいえ、御上の金であることはたしかだからな。本来返さねばならぬものを懐に入れていたのだ。正式に調べられれば……伊賀が潰れる」

藤林の顔から表情が消えた。

「それはまずい」

動揺を八田があらわにした。

「今からならば、まだ間に合いまする」

駆け出そうとした八田を藤林が諫《いさ》めた。

「はやるな」

「手遅れになっては……」

「逆境こそ、利。伊賀の教えを忘れたか」

藤林が八田を抑えた。

「まさか、この状況を利用すると言われるか」

「そうだ。考えてみれば、この度のこと、奥右筆一人でできる話ではない。裏で松平越中守が糸を引いていることは明らかだ。あの憎き吉宗の血を引く越中守がだ」

「…………」

八田が無言で聞いた。

「ここで越中守に釘を刺すのも悪くない」

「殺しまするか」

「いいや。さすがにそれはまずい。なんといっても将軍の孫で前の老中首座だ。死ねば幕府が動く。なにより上様が黙っておられまい」

ゆっくりと藤林が首を振った。

「では、どうなさるので」

「奥右筆を見せしめにする。次はおまえだとの意志を越中守へ見せつけるのだ」

藤林が酷薄な笑いを浮かべた。

「どうやって。すでに御膳番へ使った手は見抜かれておりまする。なにより伊賀の仕業と他に知れてはまずいのでは」

懸念を八田が口にした。

「伊賀のためだ。死ね、庫助」

不意に藤林が言った。

「承知」

なにも聞かず、八田が受けた。

「伊賀の仕業に見えなければいいのだ。放下《ほうげ》の術を使え」

「なにに化しまするか」

放下の術とは、身形《みなり》を変えることだ。秀でた者は、子供にも女にもなり、気づかれない。

「殿中を警衛している大番組士がよかろう」

「はっ」

八田が、伊賀者詰め所の片隅に置かれた柳行李《やなぎごうり》を開けた。なかから裃《かみしも》と袴《はかま》を取り出し、身につけた。

「うむ。見事だ」

見た藤林が手を打った。江戸城のどこにでもいる小旗本ができあがっていた。

「乱心者を装い、わざと目立つように殿中で奥右筆組頭を襲え。さすれば、誰が見ても立花を襲ったのは、旗本の一人となり、伊賀が疑われることはない」

「なるほど」

言われた八田が感心した。

「なにより、殿中では刀を抜くことが許されておらぬ。抜けば、その身は切腹、家は断絶だ。襲われた立花はもちろん、周囲で見ている者も躊躇《ちゅうちょ》するに違いない」

「その隙《すき》に、立花を殺す」

八田が述べた。

「そうだ。立花を殺した後は、城の外へ逃げ出せ。他人目《ひとめ》がなくなるまで、放下は解くな。乱心した旗本が一人行方不明になった。当初は探索されても、すぐに捜索は打ち切られることになる。旗本八万騎と豪語しているのだ。十人ほどの目付《めつけ》で、そのすべてを洗い出すことはできまい。もし、該当する旗本がいないと判明しても、それが伊賀だと証明できねば、よいのだ」

詳細を藤林が述べた。

「いつ」

時期を八田が問うた。

「明日の朝、立花が登城したところをな。江戸城の曲輪内《くるわない》ならば、あの警固の者はついておらぬ。刀など抜いたことのない奥右筆だ。そなた一人でたりよう」

「わかりましてござる」

八田がうなずいた。

「今日はもう帰れ。明日の準備をいたせ。場所の確認、道具の手入れ、することはいくらでもある」

「はっ」

言われて八田が、伊賀者詰め所を出て行った。

「唐夜《とうや》」

藤林が呼んだ。

「これに」

詰め所の床下から返答があった。

「八田の見届けをいたせ。最後までな」

小さく藤林が命じた。

「…………」

刹那《せつな》、唐夜が息を呑んだ。

「伊賀のためぞ。かならず始末いたせ。万一、八田からたぐられては困る。数は少ないが、お庭番は優秀ぞ」

「……承知」

重い声で唐夜が受けた。


併右衛門を送って立花家へ着いた衛悟は、瑞紀から意外な話を聞かされた。

「すぐお屋敷へ戻るようにとのお言伝《ことづ》てでございまする」

「かたじけない。では、立花どの、これにて」

「ああ、待て。拙者《せっしゃ》も同道する」

踵《きびす》を返した衛悟を併右衛門がとどめた。

「儂が参ったほうが、一度で話がすむ」

「そうなのでございまするか」

事情のわからない衛悟は、中途半端な応答しかできなかった。

家へ帰った衛悟を迎えた賢悟は、併右衛門が付いてきていることにとまどった。

「これは……」

「不意で申しわけないが、同席をさせてもらえるか。衛悟どのの縁談であろう」

「さようでござるが……」

併右衛門の言葉に賢悟はうなずくしかなかった。

「御堂どのより、ご使者が来た。せっかくのご縁ながら、娘の体調思わしくなく、お話はなかったことに願いたいとのことだ」

言い終えた賢悟が、書院の床の間へ目をやった。

「お詫びの印だそうな」

床の間には切《き》り餅《もち》が二つ置かれていた。

「五十両か。なかなかはりこんだの」

見た併右衛門が驚いた。松平定信の手配の素早さに併右衛門は感心していた。石高によって違うが、五十両は御堂家の格からいけば多かった。

縁談の解消には、それ相応の金品を申し出たほうが渡す決まりであった。

「早くに話を進めていれば、このようなことにならなんだものを」

併右衛門の前だが、賢悟が苦い顔をした。婿《むこ》に入ってしまえば、娘の体調が悪くなっても離縁されることはまずなかった。また、万一、娘が死んでも、遠縁から歳ごろの女子を後妻に迎えて、婿に家を継がせる慣例もあった。つまり衛悟は実家へ返されず、御堂家の当主として有り続けられたのだ。

「まあ、柊どの。衛悟どのの責ではござらぬ」

穏やかな声で併右衛門がなだめた。

「しかし……」

いつまでも養子先を紹介してくれない併右衛門にも原因があると、賢悟が恨めしげな目で見た。

「今宵《こよい》、無理にお邪魔したのは、衛悟どのの縁談の話でござる。御堂どののお話が潰れた日になんでござるがの」

「それは」

「えっ」

賢悟が喜色を浮かべ、なにも聞いていない衛悟は驚愕した。

「ご安心めされ。御堂どののように、返事を引き延ばすようなことはござらぬ。相手の家も娘も了承しておりますゆえな。あとは、柊どのがお認めになるかどうかだけでござる」

併右衛門が述べた。

「わたくしの縁談……」

衛悟が他人事《ひとごと》のような顔をした。併右衛門からその話が出るとは思ってもいなかった。衛悟が養子にいけば、併右衛門の警固をするものはいなくなる。新たに修験者という敵も出てきたところで、とても現実とは思えなかった。

「立花どの」

恨めしそうに衛悟は併右衛門を見た。ここまで生死を共にしてきて、いよいよというところで外される。今まで築きあげてきたものが、崩壊していく音を衛悟は聞いたような気がした。

「口を挟《はさ》むな。そなたに行き先をどうこうする権はない」

乗り気でない衛悟を、賢悟が叱《しか》った。

「…………」

旗本の次男以下の弱さである。当主の言葉は絶対であった。衛悟は黙るしかなかった。

「ど、どちらのお家でござろうか」

衛悟を抑えた賢悟が、身を乗り出した。

「我が家でござる」

淡々と併右衛門が告げた。

「えっ」

一瞬賢悟が呆《ほう》けた。

「衛悟どのを瑞紀の婿、その候補として考えておる。まだまだ衛悟どのには、文方としての素養が足りぬゆえ、確定とは申せぬが。よろしいかな」

併右衛門は衛悟へ問うのではなく、確認を求めた。

「…………」

予想していなかった事態に、衛悟は即答できなかった。

本書は文庫書下ろし作品です

|著者| 上田秀人　1959年大阪府生まれ。大阪歯科大学卒。'97年小説CLUB新人賞佳作。歴史知識に裏打ちされた骨太の作風で注目を集める。講談社文庫の「奥右筆秘帳」シリーズ（全十二巻）は、「この時代小説がすごい！」（宝島社刊）で、2009年版、2014年版と二度にわたり文庫シリーズ第一位に輝き、第3回歴史時代作家クラブ賞シリーズ賞も受賞、抜群の人気を集める。「百万石の留守居役」は初めて外様の藩を舞台にした新シリーズ。このほか「禁裏付雅帳」（徳間文庫）、「御広敷用人大奥記録」（光文社文庫）、「闕所物奉行裏帳合」（中公文庫）、「表御番医師診療禄」（角川文庫）、「町奉行内与力奮闘記」（幻冬舎時代小説文庫）などのシリーズがある。歴史小説にも取り組み、『孤闘　立花宗茂』（中公文庫）で第16回中山義秀文学賞を受賞、『天主信長〈表〉〈裏〉』『梟《ふくろう》の系譜　宇喜多四代』（以上、講談社文庫）も好評。
上田秀人公式HP「如流水の庵」 http://www.ueda-hideto.jp/

隠密《おんみつ》　奥右筆秘帳《おくゆうひつひちょう》
上田秀人《うえだひでと》
© Hideto Ueda 2010
2010年12月15日第1刷発行
2016年7月1日第18刷発行

講談社文庫
定価はカバーに
表示してあります

発行者――鈴木　哲
発行所――株式会社　講談社
東京都文京区音羽2-12-21　〒112-8001
電話　出版（03）5395-3510
　　　販売（03）5395-5817
　　　業務（03）5395-3615
Printed in Japan

デザイン―菊地信義
本文データ制作―講談社デジタル製作部
印刷―――株式会社廣済堂
製本―――株式会社国宝社

落丁本・乱丁本は購入書店名を明記のうえ、小社業務あてにお送りください。送料は小社負担にてお取替えします。なお、この本の内容についてのお問い合わせは講談社文庫あてにお願いいたします。
本書のコピー、スキャン、デジタル化等の無断複製は著作権法上での例外を除き禁じられています。本書を代行業者等の第三者に依頼してスキャンやデジタル化することはたとえ個人や家庭内の利用でも著作権法違反です。

ISBN978-4-06-276831-3

# 講談社文庫刊行の辞

二十一世紀の到来を目睫に望みながら、われわれはいま、人類史上かつて例を見ない巨大な転換期をむかえようとしている。

世界も、日本も、激動の予兆に対する期待とおののきを内に蔵して、未知の時代に歩み入ろうとしている。このときにあたり、創業の人野間清治の「ナショナル・エデュケイター」への志を現代に甦らせようと意図して、われわれはここに古今の文芸作品はいうまでもなく、ひろく人文・社会・自然の諸科学から東西の名著を網羅する、新しい綜合文庫の発刊を決意した。

激動の転換期はまた断絶の時代である。われわれは戦後二十五年間の出版文化のありかたへの深い反省をこめて、この断絶の時代にあえて人間的な持続を求めようとする。いたずらに浮薄な商業主義のあだ花を追い求めることなく、長期にわたって良書に生命をあたえようとつとめるところにしか、今後の出版文化の真の繁栄はあり得ないと信じるからである。

同時にわれわれはこの綜合文庫の刊行を通じて、人文・社会・自然の諸科学が、結局人間の学にほかならないことを立証しようと願っている。かつて知識とは、「汝自身を知る」ことにつきていた。現代社会の瑣末な情報の氾濫のなかから、力強い知識の源泉を掘り起し、技術文明のただなかに、生きた人間の姿を復活させること。それこそわれわれの切なる希求である。

われわれは権威に盲従せず、俗流に媚びることなく、渾然一体となって日本の「草の根」をかたちづくる若く新しい世代の人々に、心をこめてこの新しい綜合文庫をおくり届けたい。それは知識の泉であるとともに感受性のふるさとであり、もっとも有機的に組織され、社会に開かれた万人のための大学をめざしている。大方の支援と協力を衷心より切望してやまない。

一九七一年七月

野間省一

上田秀人作品◆講談社

# 百万石の留守居役《るすいやく》シリーズ

**老練さが何より要求される藩の外交官に、若き数馬が挑む！**

第一巻『波乱』２０１３年11月　講談社文庫

外様第一の加賀《かが》藩。旗本から加賀藩士となった祖父をもつ瀬能数馬《せのうかずま》は、城下で襲われた重臣前田直作《まえだなおなり》を救い、五万石の筆頭家老本多政長《ほんだまさなが》の娘、琴《こと》に気に入られ、その運命が動きだす。江戸で数馬を待ち受けていたのは、留守居役《るすいやく》という新たな役目。藩の命運が双肩にかかる交渉役には人脈と経験が肝心。剣の腕以外、何もない若者に、きびしい試練は続く！

# 上田秀人作品◆講談社

**第一巻『波乱』**
藩主綱紀を次期将軍に擁立する動きに加賀が揺れる。

2013年11月講談社文庫

**第二巻『思惑』**
五万石の娘、琴に気に入られるが、数馬は江戸へ！

2013年12月講談社文庫

**第三巻『新参』**
数馬の初仕事は、老中堀田家に逃れた先任の始末!?

2014年6月講談社文庫

**第四巻『遺臣』**
権を失った大老酒井忠清の罠が加賀を追いつめる。

2014年12月講談社文庫

**第五巻『密約』**
寛永寺整備のお手伝い普請の行方に、留守居役らの暗闘激化。

2015年6月講談社文庫

**第六巻『使者』**
藩主の継室探し。難題抱え、数馬は会津保科家へ！

2015年12月講談社文庫

**第七巻『貸借』**
会津に貸しをつくり、新たな役目をおびた数馬は吉原の宴席へ。

2016年6月講談社文庫

〈以下続刊〉

**加賀の参勤交代、迫る。**
**琴は遠く、数馬を想う。**

上田秀人作品◆講談社

# 奥右筆秘帳《おくゆうひつ》シリーズ

## 「筆」の力と「剣」の力で、幕政の闇に立ち向かう圧倒的人気シリーズ！

江戸城の書類作成にかかわる奥右筆組頭《おくゆうひつくみがしら》の立花《たちばな》併右衛門《へいえもん》は、幕政の闇にふれる。帰路、命を狙われた併右衛門は隣家の次男、柊衛悟《ひいらぎえいご》を護衛役に雇う。松平定信《まつだいらさだのぶ》、将軍家斉《いえなり》の父・一橋治済《ひとつばしはるさだ》の権をめぐる争い、甲賀《こうが》、伊賀《いが》、お庭番の暗闘に、併右衛門と衛悟は巻き込まれていく。「この時代小説がすごい！」（宝島社刊）でも二度にわたり第一位を獲得したシリーズ！

第一巻『密封』２００７年９月　講談社文庫

# 上田秀人作品◆講談社

第一巻
『密封』
2007年9月
講談社文庫

第二巻
『国禁《こっきん》』
2008年5月
講談社文庫

第三巻
『侵蝕《しんしょく》』
2008年12月
講談社文庫

第四巻
『継承』
2009年6月
講談社文庫

第五巻
『簒奪《さんだつ》』
2009年12月
講談社文庫

第六巻
『秘闘』
2010年6月
講談社文庫

第七巻
『隠密』
2010年12月
講談社文庫

第八巻
『刃傷』
2011年6月
講談社文庫

第九巻
『召抱《めしかかえ》』
2011年12月
講談社文庫

第十巻
『墨痕《ぼっこん》』
2012年6月
講談社文庫

第十一巻
『天下』
2012年12月
講談社文庫

第十二巻
『決戦』
2013年6月
講談社文庫

〈全十二巻完結〉

## 前夜　奥右筆外伝

併右衛門、衛悟、瑞紀《みずき》をはじめ
宿敵となる冥府防人《めいふさきもり》らそれぞれの
「前夜」を描く上田作品初の外伝！

2016年4月
講談社文庫

上田秀人作品◆講談社

# 天主信長
## 〈表〉我こそ天下なり
## 〈裏〉天を望むなかれ

**本能寺と安土城、戦国最大の謎に二つの大胆仮説で挑む。**

信長の死体はなぜ本能寺《ほんのうじ》から消えたのか？　安土《あづち》に築いた豪壮な天守閣の狙いとは？
信長の遺《のこ》した謎に、敢然と挑む。文庫化にあたり、別案を〈裏〉として書き下ろす。
信長編の〈表〉と黒田官兵衛編の〈裏〉で、二倍面白い上田歴史小説！

〈表〉我こそ天下なり
2010年8月　講談社単行本
2013年8月　講談社文庫

〈裏〉天を望むなかれ
2013年8月　講談社文庫

## 梟《ふくろう》の系譜
宇喜多四代

**戦国の世を生き残れ!**
**梟雄と呼ばれた宇喜多秀家の真実**

織田、毛利、尼子《あまこ》と強大な敵に囲まれた備前に生まれ、勇猛で鳴らした祖父能家《よしいえ》を裏切りで失い、父と放浪の身となった直家《なおいえ》は、宇喜多《うきた》の名声を取り戻せるか?

『梟の系譜』2012年11月　講談社単行本
2015年11月　講談社文庫

## 軍師の挑戦
上田秀人初期作品集

**斬新な試みに注目せよ。**
**上田作品のルーツがここに!**

デビュー作「身代わり吉右衛門」(「逃げた浪士」に改題)をふくむ、戦国から幕末まで、歴史の謎に果敢に挑んだ八作。上田作品の源泉をたどる胸躍る作品群!

『軍師の挑戦』2012年4月　講談社文庫

上田秀人作品◆講談社

歌野晶午　増補版 放浪探偵と七つの殺人
歌野晶午　新装版 正月十一日、鏡殺し
歌野晶午　密室殺人ゲーム2.0
歌野晶午　密室殺人ゲーム・マニアックス
内館牧子　リトルボーイ・リトルガール
内館牧子　切ないOLに捧ぐ
内館牧子　あなたが好きだった
内館牧子　ハートが砕けた！
内館牧子　B・U・S・U〈すべてのプリティ・ウーマンへ〉
内館牧子　別れてよかった
内館牧子　愛しすぎなくてよかった
内館牧子　あなたはオバサンと呼ばれてる
内館牧子　養老院より大学院
内館牧子　愛し続けるのは無理である。
内館牧子　食べるのが好き 飲むのも好き 料理は嫌い
宇都宮直子　人間らしい死を迎えるために
薄井ゆうじ　竜宮の乙姫の元結いの切りはずし
薄井ゆうじ　くじらの降る森
宇江佐真理　泣きの銀次

宇江佐真理　晩鐘〈続・泣きの銀次〉
宇江佐真理　虚ろ舟〈泣きの銀次参之章〉
宇江佐真理　室の梅〈おろく医者覚え帖〉
宇江佐真理　涙堂〈琴女《ことじょ》癸酉《きゆう》日記《にっき》〉
宇江佐真理　あやめ横丁の人々
宇江佐真理　卵のふわふわ 八丁堀喰い物草紙・江戸前でもなし
宇江佐真理　アラミスと呼ばれた女
宇江佐真理　富子すきすき
浦賀和宏　眠りの牢獄
浦賀和宏　記憶の果て(上)(下)
浦賀和宏　時の鳥籠(上)(下)
浦賀和宏　頭蓋骨の中の楽園(上)(下)
上野哲也　ニライカナイの空で
上野哲也　五五五文字の巡礼〈魏志倭人伝トーク 地理篇〉
魚住昭　渡邉恒雄 メディアと権力
魚住昭　野中広務 差別と権力
氏家幹人　江戸老人旗本夜話
氏家幹人　江戸の性談〈男たちの秘密〉
氏家幹人　江戸の怪奇譚

内田春菊　愛だからいいのよ
内田春菊　ほんとに建つのかな
内田春菊　あなたも奔放な女と呼ばれよう
魚住直子　非・バランス
魚住直子　超・ハーモニー
魚住直子　未・フレンズ
魚住直子　ピンクの神様
植松晃士　おブスの言い訳
内田也哉子　ペーパームービー
上田秀人　密封〈奥右筆秘帳〉
上田秀人　国禁〈奥右筆秘帳〉
上田秀人　侵蝕〈奥右筆秘帳〉
上田秀人　継承〈奥右筆秘帳〉
上田秀人　簒《さん》奪《だっ》〈奥右筆秘帳〉
上田秀人　秘闘〈奥右筆秘帳〉
上田秀人　隠密〈奥右筆秘帳〉
上田秀人　刃傷〈奥右筆秘帳〉
上田秀人　召《めし》抱《かかえ》〈奥右筆秘帳〉
上田秀人　墨《ぼっ》痕《こん》〈奥右筆秘帳〉

# 講談社文庫　目録

上田秀人　天下〈奥右筆秘帳〉
上田秀人　決戦〈奥右筆秘帳〉
上田秀人　前夜〈奥右筆外伝〉
上田秀人　軍師の挑戦〈上田秀人初期作品集〉
上田秀人　天主信長〈表〉〈我こそ天下なり〉
上田秀人　天主信長〈裏〉〈天を望むなかれ〉
上田秀人　波乱〈百万石の留守居役㈠〉
上田秀人　思惑〈百万石の留守居役㈡〉
上田秀人　新参〈百万石の留守居役㈢〉
上田秀人　遺臣〈百万石の留守居役㈣〉
上田秀人　密約〈百万石の留守居役㈤〉
上田秀人　使者〈百万石の留守居役㈥〉
上田秀人　貸借〈百万石の留守居役㈦〉
上田秀人　梟《ふくろう》の系譜〈宇喜多四代〉
内田　樹　下流志向〈学ばない子どもたち　働かない若者たち〉
内田　樹／釈　徹宗　現代霊性論
上橋菜穂子　獣の奏者〈Ⅰ闘蛇編〉
上橋菜穂子　獣の奏者〈Ⅱ王獣編〉
上橋菜穂子　獣の奏者〈Ⅲ探求編〉
上橋菜穂子　獣の奏者〈Ⅳ完結編〉

上橋菜穂子　獣の奏者〈外伝　刹那〉
上橋菜穂子　物語ること、生きること
上橋菜穂子原作／武本糸会漫画　コミック　獣の奏者Ⅰ
上橋菜穂子原作／武本糸会漫画　コミック　獣の奏者Ⅱ
上橋菜穂子原作／武本糸会漫画　コミック　獣の奏者Ⅲ
上橋菜穂子原作／武本糸会漫画　コミック　獣の奏者Ⅳ
上田紀行　ダライ・ラマとの対話
上田紀行　スリランカの悪魔祓い
ヴァシィ章絵　ワーホリ任侠伝
内澤旬子　おやじがき〈絶滅危惧種中年男性図鑑〉
we are 宇宙兄弟！編　宇宙小説
嬉野　君　妖怪極楽
上野　誠　天平グレート・ジャーニー〈遣唐使・平群広成の数奇な冒険〉
遠藤周作　ユーモア小説集
遠藤周作　ぐうたら人間学
遠藤周作　聖書のなかの女性たち
遠藤周作　さらば、夏の光よ
遠藤周作　最後の殉教者
遠藤周作　反逆(上)(下)

遠藤周作　ひとりを愛し続ける本
遠藤周作　深い河《ディープ・リバー》
遠藤周作　周作塾〈読んでもタメにならないエッセイ〉
遠藤周作　『深い河』創作日記
遠藤周作　新装版　海と毒薬
遠藤周作　新装版　わたしが・棄てた・女
永　六輔／矢崎泰久　バカまるだし
永　六輔／矢崎泰久　ふたりの品格
永　六輔／矢崎泰久　はははハハハ
江波戸哲夫　小説盛田昭夫学校(上)(下)
江波戸哲夫　ジャパン・プライド
衿野未矢　依存症の女たち
衿野未矢　依存症の男と女たち
衿野未矢　依存症がとまらない
衿野未矢　「男運の悪い」女たち
衿野未矢　男運を上げる15歳ヨリウエ男〈悩める女の厄落とし〉
衿野未矢　恋は強気な方が勝つ！
江上　剛　頭取無惨
江上　剛　不当買収

# 講談社文庫　目録

江上　剛　小説　金融庁
江上　剛　絆
江上　剛　再　起
江上　剛　企業戦士
江上　剛　リベンジ・ホテル
江上　剛　起死回生
江上　剛　瓦礫の中のレストラン
江上　剛　非情銀行
江上　剛　東京タワーが見えますか。
江上　剛　慟哭の家
江國香織　真昼なのに昏《くら》い部屋
R・アンダーソン／江國香織 訳／荒井良二 画　レターズ・フロム・ヘヴン
江國香織・文／松尾たいこ・絵　ふりむく
江國香織他　彼の女たち
遠藤武文　プリズン・トリック
遠藤武文　トリック・シアター
遠藤武文　パワードスーツ
円城　塔　道化師の蝶
大江健三郎　新しい人よ眼ざめよ

大江健三郎　宙返り(上)(下)
大江健三郎　取り替え子《チェンジリング》
大江健三郎　鎖国してはならない
大江健三郎　言い難き嘆きもて
大江健三郎　憂い顔の童子
大江健三郎　河馬に噛まれる
大江健三郎　M/Tと森のフシギの物語
大江健三郎　キルプの軍団
大江健三郎　治療塔
大江健三郎　治療塔惑星
大江健三郎　さようなら、私の本よ！
大江健三郎　水死
大江健三郎・文／大江ゆかり・画　恢復する家族
大江健三郎・文／大江ゆかり・画　ゆるやかな絆
小田　実　何でも見てやろう
大橋　歩　おしゃれする
大石邦子　この生命ある限り
沖　守弘　マザー・テレサ〈あふれる愛〉
岡嶋二人　七年目の脅迫状

岡嶋二人　あした天気にしておくれ
岡嶋二人　開けっぱなしの密室
岡嶋二人　とってもカルディア
岡嶋二人　ビッグゲーム
岡嶋二人　ちょっと探偵してみませんか
岡嶋二人　記録された殺人
岡嶋二人　ツァラトゥストラの翼〈スーパー・ゲーム・ブック〉
岡嶋二人　そして扉が閉ざされた
岡嶋二人　どんなに上手に隠れても
岡嶋二人　タイトルマッチ
岡嶋二人　解決まではあと6人〈5W1H殺人事件〉
岡嶋二人　なんでも屋大蔵でございます
岡嶋二人　珊瑚色ラプソディ
岡嶋二人　眠れぬ夜の殺人
岡嶋二人　クリスマス・イヴ
岡嶋二人　七日間の身代金
岡嶋二人　眠れぬ夜の報復
岡嶋二人　ダブルダウン
岡嶋二人　殺人者志願

# 講談社文庫　目録

逢坂　剛　ハポン追跡
逢坂　剛　まりえの客
逢坂　剛　あでやかな落日
逢坂　剛　カプグラの悪夢
逢坂　剛　イベリアの雷鳴
逢坂　剛　クリヴィツキー症候群
逢坂　剛　重《じゅう》蔵《ぞう》始《し》末《まつ》
逢坂　剛　じぶくり伝兵衛〈重蔵始末(二)〉
逢坂　剛　猿曳遁兵衛〈重蔵始末(三)〉
逢坂　剛　嫁盗み〈重蔵始末(四)長崎篇〉
逢坂　剛　陰の声〈重蔵始末(五)長崎篇〉
逢坂　剛　北門の狼〈重蔵始末(六)蝦夷篇〉
逢坂　剛　逆浪《げきろう》果つるところ〈重蔵始末(七)蝦夷篇〉
逢坂　剛　遠ざかる祖国(上)(下)
逢坂　剛　牙をむく都会(上)(下)
逢坂　剛　燃える蜃気楼(上)(下)
逢坂　剛　墓石の伝説
逢坂　剛　新装版 カディスの赤い星(上)(下)
逢坂　剛　暗い国境線(上)(下)

逢坂　剛　鎖《とざ》された海峡
逢坂　剛　暗殺者の森(上)(下)
M・ルブラン原作　逢坂　剛　奇巌城
オノ・ヨーコ　飯村隆彦編　ただの私《あたし》
オノ・ヨーコ　南風椎訳　グレープフルーツ・ジュース
折原　一　倒錯のロンド
折原　一　水の殺人者
折原　一　黒衣の女
折原　一　倒錯の死角〈201号室の女〉
折原　一　101号室の女
折原　一　異人たちの館
折原　一　耳すます部屋
折原　一　倒錯の帰結
折原　一　蜃気楼の殺人
折原　一　叔母殺人事件〈偽りの館〉
折原　一　叔父殺人事件〈グッドバイ〉
折原　一　天井裏の散歩者〈幸福荘殺人日記①〉
折原　一　天井裏の奇術師〈幸福荘殺人日記②〉
折原　一　タイムカプセル

折原　一　クラスルーム
折原　一　帝王、死すべし
大下英治　一を以って貫く〈人間小沢一郎〉
大橋巨泉　巨泉〈人生の選択〉
大橋巨泉　巨泉流成功！海外ステイ術
太田忠司　紅《べに》天《すず》蛾《め》〈新宿少年探偵団〉
太田忠司　鴇色の仮面〈新宿少年探偵団〉
太田忠司　まぼろし曲馬団〈新宿少年探偵団〉
太田忠司　黄昏《たそがれ》という名の劇場
小川洋子　密やかな結晶
小川洋子　ブラフマンの埋葬
小川洋子　最果てアーケード
小野不由美　月の影　影の海(上)(下)〈十二国記〉
小野不由美　風の海　迷宮の岸〈十二国記〉
小野不由美　東の海神《わだつみ》　西の滄海〈十二国記〉
小野不由美　風の万里　黎明の空(上)(下)〈十二国記〉
小野不由美　図南の翼〈十二国記〉
小野不由美　黄昏の岸　暁の天〈十二国記〉
小野不由美　華《か》胥《しょ》の幽《ゆ》夢《め》〈十二国記〉

# 講談社文庫　目録

折原みと　時《とき》の輝き
折原みと　天国の郵便ポスト
折原みと　おひとりさま、犬をかう
面高直子　ヨシアキは戦争で生まれ戦争で死んだ
岡田芳郎　世界一の映画館と日本一のフランス料理店を山形県酒田につくった男はなぜ忘れ去られたのか
大城立裕　小説 琉球処分 (上)(下)
大城立裕　対馬丸
太田尚樹　満州裏史〈甘粕正彦と岸信介が背負ったもの〉
大島真寿美　ふじこさん
大泉康雄　あさま山荘銃撃戦の深層 (上)(下)
大山淳子　猫弁〈天才百瀬とやっかいな依頼人たち〉
大山淳子　猫弁と透明人間
大山淳子　猫弁と指輪物語
大山淳子　猫弁と少女探偵
大山淳子　猫弁と魔女裁判
大山淳子　雪猫
大山淳子　イーヨくんの結婚生活
大倉崇裕　小鳥を愛した容疑者
大鹿靖明　メルトダウン〈ドキュメント福島第一原発事故〉

大野更紗 開沼博　1984 フクシマに生まれて
緒川怜　冤罪死刑
荻原浩　砂の王国 (上)(下)
荻原浩　家族写真
小野展克　JAL 虚構の再生
小野正嗣　獅子渡り鼻
大友信彦　釜石の夢〈被災地でワールドカップを〉
海音寺潮五郎　新装版 江戸城大奥列伝
海音寺潮五郎　新装版 孫子 (上)(下)
海音寺潮五郎　新装版 赤穂義士
海音寺潮五郎　列藩騒動録 (上)(下)〈レジェンド歴史時代小説〉
加賀乙彦　新装版 高山右近
加賀乙彦　ザビエルとその弟子
金井美恵子　噂の娘
柏葉幸子　霧のむこうのふしぎな町
柏葉幸子　ミラクル・ファミリー
勝目梓　悪党図鑑
勝目梓　処刑猟区
勝目梓　獣たちの熱い眠り

勝目梓　昏《くら》き処刑台
勝目梓　眠れない
勝目梓　生《いけ》贄《にえ》
勝目梓　剥《は》がし屋
勝目梓　地獄の狩人
勝目梓　鬼畜
勝目梓　柔肌は殺しの匂い
勝目梓　赦《ゆる》されざる者の挽歌
勝目梓　毒と蜜
勝目梓　秘戯
勝目梓　鎖の闇
勝目梓　呪縛
勝目梓　恋情
勝目梓　覗く男
勝目梓　小説家
勝目梓　死《し》支《じ》度《たく》
勝目梓　ある殺人者の回想
鎌田慧　空港〈25時間〉
鎌田慧　新装増補版 自動車絶望工場

2016年6月15日現在